3 4028 08461 5369
HARRIS COUNTY PUBLIC LIBRARY

Deseo

D1506438

Discards

La noche en la que empezó todo

ANNA CLEARY

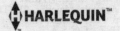

HARLEQUIN

Editado por HARLEQUIN IBÉRICA, S.A.
Núñez de Balboa, 56
28001 Madrid

© 2013 Ann Cleary. Todos los derechos reservados.
LA NOCHE EN LA QUE EMPEZÓ TODO, N.º 1940 - 25.9.13
Título original: The Night That Started It All
Publicada originalmente por Mills & Boon®, Ltd. Londres..

Todos los derechos están reservados incluidos los de reproducción, total o parcial. Esta edición ha sido publicada con permiso de Harlequin Enterprises II BV.
Todos los personajes de este libro son ficticios. Cualquier parecido con alguna persona, viva o muerta, es pura coincidencia.
® Harlequin, Harlequin Deseo y logotipo Harlequin son marcas registradas por Harlequin Books S.A.
® y ™ son marcas registradas por Harlequin Enterprises Limited y sus filiales, utilizadas con licencia. Las marcas que lleven ® están registradas en la Oficina Española de Patentes y Marcas y en otros países.

I.S.B.N.: 978-84-687-3189-6
Depósito legal: M-19523-2013
Editor responsable: Luis Pugni
Fotomecánica: M.T. Color & Diseño, S.L. Las Rozas (Madrid)
Impresión en Black print CPI (Barcelona)
Imagen de cubierta: EDUARD STELMAKH/DREAMSTIME.COM
Fecha impresion para Argentina: 24.3.14
Distribuidor exclusivo para España: LOGISTA
Distribuidor para México: CODIPLYRSA
Distribuidores para Argentina: interior, BERTRAN, S.A.C. Vélez Sársfield, 1950. Cap. Fed./ Buenos Aires y Gran Buenos Aires, VACCARO SÁNCHEZ y Cía, S.A.

Capítulo Uno

Desde que había roto con Manon, su amante más duradera, Luc Valentin se había vuelto difícil de seducir. Pensaba que el deseo no traía más que complicaciones y enredos emocionales.

Por eso, cuando entró en D´Avion Sydney y los bonitos rostros de las recepcionistas se iluminaron, las sonrisas no le hicieron mella.

–Luc Valentin –se presentó él, tendiéndoles una tarjeta–. He venido a ver a Rémy Chénier.

–¿Luc Valentin? –preguntó una de las chicas, quedándose petrificada–. ¿De…?

–París. La sede principal –respondió él con una sonrisa–. ¿Puede avisar a Rémy?

La recepcionista miró a sus compañeras. Parecían las tres paralizadas.

–Esto… no está. Lo siento, señor Valentin. Hace días que no lo vemos. No responde las llamadas. No sabemos dónde está. No sabemos nada, ¿verdad? –aseguró la joven, y miró a sus compañeras en busca de confirmación. En un pedazo de papel, anotó una dirección–. Puede intentarlo aquí. Estoy segura de que, si lo encuentra, el señor Chénier se alegrará de verlo.

Luc lo dudaba. Su plan era obligar a su primo a

3

dar explicaciones por el desfalco que había sufrido la compañía y, después, retorcerle el cuello.

Lo más probable era que fuera por culpa de una mujer, adivinó Luc. Rémy siempre estaba enredado en líos de faldas, aunque nunca con la misma dama.

Era la dirección de un elegante complejo residencial en la costa norte de Sídney. Luc llamó al telefonillo dos veces, hasta que alguien respondió con voz ahogada, como si hubiera estado llorando.

–¿Quién es?

–Luc Valentin –contestó él–. He venido a ver a Rémy Chénier.

–Ah –dijo la voz de mujer al otro lado del telefonillo, con cierto alivio–. ¿Es del trabajo?

–Sí, soy de D´Avion.

–Pues no está. Gracias a Dios.

Luc frunció el ceño.

–¿Pero es esta su casa?

–Antes lo era. Pero ya no está aquí. No sé dónde está ni me importa. No tiene nada que ver conmigo. Yo ya me voy.

Luc bajó la vista a un montón de equipaje apilado junto a la entrada.

–Disculpe, señorita. ¿Puede decirme cuándo fue la última vez que lo vio?

–Hace meses. Ayer.

–¿Ayer? ¿Entonces todavía está en Sídney?

–Yo… espero que no. Quizá. No lo sé. Mire… mire, señor, estoy muy ocupada. No puedo…

–Por favor, una última pregunta. ¿Se ha llevado su ropa?

–Mmm –repuso la voz e hizo una pausa–. Digamos que su ropa ha salido de aquí.

Luc titubeó, tratando de imaginarse a la interlocutora. Sintió el abrumador deseo de ver el rostro que acompañaba a aquella voz llorosa.

–¿Es usted la novia de Rémy, por casualidad? ¿O la criada?

–Sí. La criada –respondió ella tras un largo silencio.

–Perdone, señorita, ¿pero le importa si subo y hablamos cara a cara? Tengo algunas preg…

El telefonillo se cortó. Luc esperó a que se abriera la puerta y, cuando no fue así, volvió a llamar con insistencia. Al final, ella respondió de nuevo.

–Mire, piérdase. No puede subir.

–Pero solo quería…

–No. No puede –repitió ella con voz alarmada–. Váyase o llamaré a la policía.

Luc frunció el ceño, sin saber qué pensar. Rémy siempre dejaba a sus ex desoladas. Aunque, si era la criada, ¿por qué iba a estar llorando? Debía de estar resfriada, caviló.

Rindiéndose, volvió al coche y se preguntó qué había pasado con su poder de persuasión.

Desde la ventana, Shari Lacey observó cómo se alejaba. Fuera quien fuera, tenía una voz bastante bonita, pensó. Aunque ella ya estaba harta del acento francés.

***

5

Durante las siguientes treinta y seis horas, Luc revisó todos los archivos en las oficinas de D´Avion con detalle. Puso a prueba a los empleados hasta que la secretaria acabó sollozando y los ejecutivos estaban pálidos como el papel. Despidió al director del departamento financiero en el acto.

Habían desaparecido sumas importantes y nada le daba ninguna pista de las andanzas de su primo. Como no encontrara a Rémy pronto, iba a tener que dejar que la ley lo persiguiera con todo su peso.

Luc sintió un escalofrío al pensar que tendría que enfrentarse a otro escándalo familiar.

Con la vista perdida en la bahía de Sídney, se dijo que tenía que encontrar al canalla de su primo de una manera u otra y obligarlo a reparar lo que había hecho.

Le quedaba un último recurso, caviló con un suspiro.

Emilie, la hermana melliza de Rémy, siempre había estado muy unida a Rémy. Se había casado con un australiano y, aunque llevaba años sin verla, Luc le tenía mucho cariño. Era una mujer amable y cálida, tan diferente de su mellizo como un gorrión de un buitre.

Armada con el lápiz de ojos, Shari se acercó al espejo y delineó con cuidado el borde inferior de los párpados, hasta el lagrimal.

Se encogió un poco porque, aunque ya no estaba hinchado, el moretón seguía doliéndole. Había

6

sido el regalo perfecto de despedida. Al parecer, no estaba a la altura de todas las excitantes mujeres que Rémy había conocido en Francia. Además, ella era demasiado exigente. Paranoica. Difícil. Demasiado lista. Demasiado sentimental. Demasiado bocazas. Demasiado celosa. Demasiado rencorosa. Frígida. Dependiente…

Sus quejas no habían hecho más que aumentar con el tiempo. No era de extrañar que el pobre hombre hubiera tenido que buscar consuelo femenino por todas partes.

Ella sabía que el truco era no creer las cosas que él le había dicho. Pero no podía evitar que su autoestima estuviera hecha pedazos.

Rémy había dejado de ser amable con ella hacía tiempo, pero nunca antes la había golpeado. Había sido un shock para Shari. Aunque debía reconocer que podía haber sido mucho peor. Por un momento, él había estado a punto de violarla.

Avergonzada, Shari bajó la cabeza, culpándose porque hubiera podido pasarle algo así. Era irónico, cuando sus amigas siempre le habían envidiado el novio francés.

¿Qué pensarían de ella si supieran que las cosas habían terminado de esa manera? ¿Creerían que había estado golpeándola desde el principio? ¿Pensarían que ella lo había tolerado?

Shari no pudo evitar pensar en todas esas mujeres maltratadas que había visto en televisión, demasiado destruidas como para defenderse, creyendo incluso que merecían los golpes.

Pero ella no era así, se dijo a sí misma, con el pulso acelerado. No había estado tan enredada en la relación como para no ver con claridad. Había soportado todo lo que podía soportar. Y no se sometería. No.

A partir de ese momento, todo iría bien. Había vuelto a su antiguo barrio de Paddington, un lugar precioso que parecía sacado de un cuento.

Sin embargo, era increíble lo que era capaz de lograr el puño de un hombre. Solo había tenido que golpearla una vez y se había vuelto asustadiza como un gatito.

Pero no tenía por qué estar nerviosa, se dijo. Ya estaba a salvo. Lo importante era combatir el miedo y no convertirse en una histérica, dispuesta a dar un brinco ante el sonido de cualquier voz masculina. Podía seguir disfrutando de los hombres.

O, tal vez, no.

Rémy era un caso aislado. Shari lo sabía. Aunque no podía controlar el miedo a que aquello pudiera repetirse.

Por suerte, su hermano Neil había insistido tanto en que asistiera a su fiesta de cumpleaños, que ella no había podido negarse. Allí habría muchos hombres, todos encantadores y civilizados como Neil. Así, ella podría ponerse a prueba.

Cuando la mano dejó de temblarle, se terminó de pintar los ojos, coloreando los párpados y la zona de alrededor con sombra púrpura, hasta disimular el moretón.

Dio un paso atrás y, ante el espejo, respiró aliviada. El moretón había quedado camuflado y, además, estaba muy guapa con ese estilo de maquillaje. Un poco llamativo, quizá, pero le quedaba bien. le resaltaba el color azul de los ojos.

Sin embargo, tal vez, eso no engañaría a Neil y Emilie. Después de todo, Emilie se había criado con Rémy.

Nerviosa, se preguntó qué podía ponerse. ¿Por qué no salir de compras? Había llorado todas sus lágrimas hasta quedar vacía.

Era hora de levantarse de nuevo.

Luc fue muy bien recibido en la casa de Neil y Emilie. El sitio estaba lleno y el ambiente era hogareño y acogedor.

Emilie había anunciado que estaba embarazada.

Vaya sorpresa, se dijo Luc. Tener niños parecía una epidemia. Todas las parejas que conocía estaban esperando un bebé, si no lo tenían ya.

Sin embargo, cuando él se lo había sugerido a Manon, ella le había respondido con ferocidad y firmeza.

–¿Qué te pasa, cariño? ¿No querrás atarme a ti? No soy gallina ponedora. Si eso es lo que quieres, búscate a otra –le había espetado ella.

Lo cierto era que era increíble que algunas mujeres estuvieran dispuestas a sacrificar su autonomía y su libertad para tener hijos, caviló Luc.

Inclinando la cabeza, aceptó otro canapé y se preguntó cuánto tiempo más tendría que esperar a

9

que Rémy apareciera en aquel hogar rebosante de felicidad doméstica. Estaba empezando a dudar que lo hiciera. ¿Estaría su primo sobre aviso de su llegada? Ni siquiera él mismo lo había sabido hasta el último minuto, cuando había estado a punto de regresar a su casa de París desde Saigón.

La posibilidad de ir a Sídney sin pasar por París le había parecido muy atractiva, porque cada vez tenía menos ganas de regresar a su casa. Había recuerdos de Manon en cada esquina.

Emi se acercó a él sonriente para ofrecerle una copa de vino.

–Dime, Luc, ¿es verdad? ¿Manon está embarazada?

Con el estómago contraído, Luc trató de no dejar de sonreír.

–¿Cómo iba a saberlo?

–Lo siento, primo –se disculpó Emilie, sonrojándose–. No pretendía entrometerme. Lo que pasa es que me sorprendió mucho cuando me lo mencionó tía Marise. Manon no parecía la clase de… la clase de mujer que quiere niños.

No, pensó Luc. No lo había sido cuando había estado con él.

De todos modos, Luc prefirió cambiar de tema.

–¿Ves a Rémy a menudo?

–No. Desde que se ha prometido, casi no lo veo –respondió ella con una sonrisa–. Al fin se ha enamorado y no necesita a su hermana.

Luc quiso creerla, pero conocía demasiado bien a su primo y sabía que solo podía estar enamorado de sí mismo.

10

–Quizá haya salido de viaje de negocios –comentó ella.

–¿Sin informar en la oficina? –inquirió él, frunciendo el ceño.

Emi se puso colorada y le lanzó una mirada a su esposo, que acababa de unirse a ellos.

–Bueno, Rémy siempre ha sido muy reservado –señaló ella–. Estoy segura de que no ha hecho nada malo. Puede que se haya olvidado de dejar un mensaje.

Por la expresión de Neil, Luc tuvo la impresión de que el otro hombre no compartía la confianza que su esposa tenía en Rémy.

Shari respiró hondo antes de llamar a la puerta de Neil y Emilie. Ya no llevaba el anillo de compromiso, por supuesto, pero si alguien le preguntaba por Rémy o siquiera mencionaba su nombre, no estaba segura de poder controlar los nervios y las lágrimas.

Emilie abrió la puerta.

–Shari, me alegro de verte… –dijo la anfitriona, y se quedó boquiabierta, mirándola de arriba abajo–. Cielos. ¿Eres tú de verdad? Me encanta tu nuevo *look*. Es muy sexy y misterioso –comentó, y la besó en ambas mejillas.

Sin duda, le llamaba la atención el exagerado maquillaje de sus ojos, adivinó Shari. Pero Emilie se quedó hipnotizada mirándole los zapatos de plataforma de diez centímetros.

–Qué envidia –dijo Emi–. ¿Cómo puedes andar con ellos? ¿Y qué te has hecho en los ojos?

Shari contuvo el aliento.

–Estás preciosa –añadió la otra mujer, para alivio suyo–. Bueno, ¿dónde está Rémy?

–No va a venir –contestó Shari, clavándole las uñas al bolso de mano que llevaba.

–¿No? Oh… pero… hay que llamarlo. Tiene que venir. Nuestro primo ha venido y no deja de preguntar por él.

–No, Em. No puedo.

Entonces, cuando Shari iba a darle la noticia de su separación, llegaron otros invitados para requerir la atención de la anfitriona.

–Nos vemos luego –dijo Shari, aprovechando la oportunidad de escapar, y entró en la fiesta.

La casa estaba llena. Un pequeño ejército de camareros repartía bebidas y canapés.

Shari notó cómo varios ojos curiosos se clavaban en ella y, durante un instante, temió que el maquillaje estuviera delatándola, hasta que un hombre la interceptó para decirle que estaba muy sexy.

Llena de placer, Shari sintió que le subía la autoestima y se enderezó.

–Demasiado sexy para ti, tesoro –repuso ella y, después de darle al desconocido un beso en la mejilla, continuó su camino.

Saludó a un par de personas, esbozó unas cuantas sonrisas y esperó que nadie le preguntara por su supuesto prometido.

Debería haberles dado la noticia de su separación a Neil y a Emilie hacía semanas, en vez de haber estado evitándolos, se dijo a sí misma.

Además, debía tener cuidado de no contarles toda la verdad. Neil siempre había sido muy protector con ella y podía hacer una locura si se enteraba de lo que Rémy le había hecho. En cuanto a Em… ¿cómo iba a decirle que su hermano era un maltratador?

Entonces, Shari vio a Neil, junto a un hombre con cara de pocos amigos que examinaba la habitación como si buscara a alguien.

Luc se dio cuenta de que su anfitrión saludaba a alguien. Estaba harto de estar allí. Una hora en una habitación llena de parejas era más de lo que él podía soportar.

Aburrido, miró en la misma dirección que Neil y una llamarada de color captó su atención entre la multitud. Al ver a la dueña de aquel hermoso rostro, se quedó sin aliento.

Por un momento, ella desapareció entre la gente, hasta que volvió a verla. Luc no podía dejar de mirarla. Sus ojos eran fascinantes. Profundos, brillantes y misteriosos. Ojos que podían enamorar a un hombre.

Con el pulso acelerado, Luc siguió mirando, hasta que la multitud le dejó contemplarla de pies a cabeza. Tenía un aspecto frágil con esos tacones tan altos y un vestido de seda que dejaba al descubierto un cremoso hombro.

Shari sonrió al camarero para darle las gracias y se tomó el chupito de vodka de un trago. Estaba

13

buscando algún rostro amigo entre la gente, cuando se dio cuenta de que el tipo alto y serio seguía observándola con intensidad.

Sus ojos eran profundos, capaces de hipnotizar a cualquiera, pensó ella.

Intentó intimidarlo con una mirada altiva, pero él ni se inmutó. Con un repentino ataque de inseguridad, Shari apuró otro chupito.

Cielos, debía tener cuidado o se caería redonda al suelo.

Luc sabía que había mujeres hermosas en la fiesta. Bellas, rubias y morenas, con largas piernas y cabello sedoso.

Sin embargo, hasta ese momento, no había sentido la urgencia de tocar a ninguna de ellas.

Shari llamó al camarero y tomó otro vasito. Era libre y mayor de edad, nada se lo impedía. Se giró para mirar al hombre que la observaba y, después de levantar su vaso en gesto de brindis, se lo bebió de un trago.

Luc frunció el ceño e inclinó la cabeza como respuesta.

A ella se le aceleró el pulso y enfocó la mirada a su alrededor, para ver con quién estaba. Un hombre tan imponente no podía estar solo.

Sin embargo, al parecer, el desconocido solo estaba con Neil.

Gracias al vodka, Shari comenzó a sentir que su seguridad en sí misma crecía. Era hora de felicitar al hombre del cumpleaños, se dijo. Tomó aliento y trató de esbozar su expresión más sensual.

14

Al llegar hasta Neil, le plantó un beso en la mejilla.

–Feliz cumpleaños, hermano –dijo ella con voz ronca.

Neil le dio un abrazo y le observó la cara. Ella se esforzó por mantener el tipo, temerosa de que descubriera el moretón debajo de su máscara.

A su lado, el desconocido la contempló con avidez. Parecía que no hubiera visto a una mujer en su vida, pensó ella. Aunque era poco probable, sobre todo, con lo guapo que era.

–¿Quién es? –le preguntó Luc a Neil, sin quitarle los ojos de encima a la recién llegada.

–Mi hermana Shari –la presentó Neil, rodeándola con el brazo–. Este es Luc, el primo de Em y Rémy.

–Ah –dijo Shari, casi atragantándose, y dio un pequeño paso atrás, ante la mirada atónita de Neil. Al momento, se recompuso–. Encantada –mintió.

–Encantado –repitió Luc, y la besó en ambas mejillas.

Maldición, pensó ella, mientras la piel le ardía donde la había rozado. No quería tener ningún contacto con los miembros masculinos de los Chénier.

Aunque aquel tipo no se parecía mucho a Rémy. Parecía más contenido, más serio y experimentado. Sus ojos, oscuros con brillos dorados, la tenían hipnotizada.

–¿Vives por aquí?

Era obvio que él no había reconocido su voz. Debía de haber sonado distinta con un ojo morado y

15

la nariz hinchada. Sin embargo, Shari reconoció al instante aquel tono profundo y masculino. Era el mismo que había llamado al telefonillo de su casa para buscar a Rémy.

–En Paddington, al otro lado del puente. ¿Y tú?

–En París, al otro lado del mundo –repuso él con una sonrisa.

Sus miradas se encontraron y un vínculo instantáneo surgió entre ellos.

Con el pulso acelerado, Shari se fijó en que no llevaba alianza. Entonces, recordó un comentario que le había oído decir hacía mucho a Emilie acerca de su primo parisino. Algo sobre un escándalo con una mujer.

–¿Siempre bebes vodka solo?

–Si no hay refrescos a mano, sí.

Neil se atragantó con la copa.

–Vamos, Shari, no exageres. Luc se va a llevar una impresión equivocada.

Shari se había olvidado de Neil. Sonriendo, le dio una palmadita en el hombro a su hermano, sin quitarle los ojos de encima al otro hombre.

–No pareces un Chénier –comentó ella con voz ronca.

–No lo soy –contestó él con firmeza–. Mi apellido es Valentin.

Mejor, pensó ella. Embobada con su sensual boca, no pudo evitar imaginar a qué sabrían sus besos. El problema era que no era posible confiar en los hombres, se dijo, y ella había aprendido la lección a golpes.

16

–Disculpa, pero… –comenzó a decir Luc, dando un paso hacia ella–. Pareces un poco tensa. ¿No te gustan las fiestas?

Para tomar fuerzas, Shari agarró una copa de champán de una bandeja y esbozó una encantadora sonrisa.

–Me encantan. ¿A ti no?

–No.

–Ah, entonces ya entiendo por qué tienes esa cara de pocos amigos –comentó ella–. Estaba empezando a creer que eras un misógino –añadió. Como su primo, pensó.

Neil la miró sorprendido por el atrevido comentario, mientras que el rostro de Luc se volvía más serio todavía.

–Me gustan las mujeres. Sobre todo, las provocativas.

–¿Y las aburridas y asustadizas?

–No veo aquí a ninguna –repuso él, arqueando una ceja con gesto divertido.

–Podrían estar disfrazadas.

–Una persona aburrida y asustadiza jamás se pondría un disfraz, ¿no creés? –replicó Luc–. Solo las mujeres excitantes, sensuales y divertidas hacen esas cosas.

La autoestima de Shari creció un poco más. Al fin un hombre comprendía su verdadera naturaleza. Era una mujer excitante, sensual y divertida, si le daban la oportunidad de serlo.

Al notar cómo él le posaba los ojos en el pecho, le subió la temperatura. No pudo evitar imaginar

17

que eran sus dedos los que la tocaban y no solo su mirada.

Neil se removió incómodo a su lado, murmuró algo y se marchó.

A solas en una fiesta llena de gente con un francés sofisticado, Shari sintió un poco de vértigo.

No todos los hombres eran como Rémy, se recordó a sí misma.

–¿Qué intentas ahogar en tanto alcohol? –le preguntó Luc.

–Las lágrimas, supongo. Un corazón roto.

–Hay mejores maneras de hacerlo.

Mirándolo a los ojos, a Shari no le cupo duda. Pero una alarma en su interior le advirtió que estaba jugando con fuego.

Luc posó los ojos en sus piernas, ella siguió su mirada.

–¿Es que me he roto una media?

–No. Tus piernas son muy tentadoras.

Al imaginarse los largos y fuertes dedos de él sobre los muslos, Shari sintió una oleada de calor en sus partes más íntimas.

Pero debía de tener cuidado, se repitió a sí misma. El último hombre con el que había dormido la había dejado amoratada y aquel no solo era un desconocido, sino que era familia del anterior.

Sin duda, los halagos del francés estaban causando su efecto, caviló Shari. Rémy la había insultado y la había ridiculizado tantas veces que necesitaba sentirse apreciada más que un hombre en el desierto necesitaba el agua.

18

Con un momentáneo ataque de pánico, se dijo que no estaba lista para volver a intentar estar con un hombre. Sin embargo, al momento, decidió que la única manera de saberlo era comprobarlo en vivo y en directo.

–¿Has venido acompañada? –preguntó Luc, como si hubiera estado pensando en lo mismo que ella.

–No. ¿Y tú?

–No. Hace calor aquí, ¿no crees? ¿Vamos fuera a tomar un poco el aire? –propuso él con una sonrisa.

Shari se debatió entre aceptar su invitación o salir corriendo. Pero había alcanzado el estatus de mujer excitante, sensual y divertida y no iba a tirarlo por la borda, se dijo.

Como la cena se había servido dentro, apenas quedaban invitados en la terraza, observó ella con un poco de miedo. Sin embargo, ¿qué podía hacerle aquel tipo? ¿Darle un puñetazo?

Lo que estaba claro era que ella no podía seguir escondiéndose el resto de su vida.

–Ah, Shari –dijo Emilie, acercándose a ellos y sacándola de sus pensamientos–. Me alegro de que estés cuidando de Luc. Tengo muchas ganas de que me pongas al día de todos los cotilleos familiares, Luc, querido, pero es que estoy un poco ocupada... –añadió y, cuando un camarero se acercó para decirle algo al oído, se disculpó y los dejó solos de nuevo.

Asunto zanjado, pensó Shari. Su misión era cuidar de Luc.

19

–¿No te gustan esos momentos que parecen suspendidos en el tiempo, a punto de preceder a algo inolvidable? –preguntó él, mirándola con ojos brillantes.

–¿Algo como qué?

–Algo excitante –aventuró él, acariciándola con la mirada–. No estás nerviosa, ¿verdad?

–Sí –admitió ella–. En este momento, estoy bastante nerviosa. ¿Vas a… vas a quedarte mucho tiempo en Sídney?

–No. Debo irme mañana. Había venido a buscar a mi primo. Tengo que hablar con él de la empresa. Pero, por una vez en su vida, Rémy ha hecho algo bien.

–¿Y qué es?

–No estar aquí.

Con el corazón acelerado, Shari se alegró de que aquel hombre pensara lo mismo que ella sobre Rémy.

Dieron un paseo en silencio hasta la piscina, donde se reflejaba la luz de la luna. Un camino serpenteaba hasta el muelle. Más allá, brillaban las luces en la bahía.

Shari se dio cuenta de que Luc miraba hacia ese camino en la penumbra que parecía estar llamándolos a gritos. ¿Qué tenía de malo dar un paseo con él un poco más lejos?, se dijo. Al fin y al cabo, ella ya no estaba prometida.

Podían tener una conversación amistosa sin más, caviló ella. O podía aprovechar el momento para contarle lo que sabía de Rémy. Podía informarle de que su primo estaría en Los Ángeles en ese momento, sin duda, con la última jovencita que hubiera conquistado. Eso, si había conseguido encontrar el pasaporte, que no había podido hallar después de revolver todo el piso y de golpearla.

Era todo tan feo... Con un asco repentino, Shari decidió que era mejor olvidarse de todo lo que tuviera que ver con Rémy, al menos, esa noche.

–¿Ocupas un puesto importante en D´Avion? –preguntó ella como para darle conversación, mientras tomaban el camino al embarcadero.

El aire estaba impregnado con olor a jazmín. Sus manos se rozaron, provocándole un escalofrío de excitación a Shari.

Tras doblar un recodo del camino, la casa quedó fuera de su vista.

–Muy importante –contestó él con ojos sonrientes–. ¿Y tú? ¿Eres actriz? –quiso saber. Cuando ella negó con la cabeza, la miró un momento con aire pensativo–. Déjame adivinar –dijo, y le tocó la nuca con suavidad, dibujándole una caricia con la punta del dedo hasta el borde del vestido–. Debe de ser algo creativo. Das la impresión de no someterte a las reglas comunes. ¿Acierto?

–Bueno, supongo que soy una especie de artista –reconoció ella, sin querer darse importancia, y le dedicó una radiante sonrisa.

–¿Pintas?

–En parte.

–¿Qué quieres decir?

–Escribo historias para niños. Y hago las ilustra-

21

ciones. No soy muy buena todavía, pero ya me han publicado un libro. Es un cuento sobre un gato.

–Vaya –dijo él, mirándola con interés–. Es impresionante –comentó con sinceridad–. Eres una autora genuina.

Shari se hinchó de orgullo al escucharlo.

–Un poquito, sí.

Luc le tomó de la mano para hacer que lo mirara. Hacía mucho tiempo que ningún hombre la tocaba de esa manera especial. Shari tembló de nervios y excitación. ¿Y si se quedaba helada y no podía corresponderle? ¿Y si salía corriendo en el momento crucial como un animal asustado?

–Eres muy modesta –observó él–. Creo que no eres como esperaba.

–¿Qué esperabas? –preguntó ella, sin aliento, y se humedeció los labios, que se le habían quedado secos.

En ese momento, los ojos de Luc brillaron con intensidad. Y la besó, incendiándola y haciéndola arder de deseo.

Dispuesta a rendirse, Shari se apretó contra su cuerpo, abriéndose a él. Pero Luc dio un paso atrás y la soltó. La miró con gesto impenetrable y le acarició el rostro con un dedo, deteniéndose en sus labios.

–Sabes dulce.

¿Dulce? ¿Eso era todo?, se preguntó Shari. Para ella, él sabía a hombre, a sexo y a largas noches calientes.

Sin decir más, continuaron caminando hasta el

22

embarcadero. Confundida, Shari temió que él hubiera perdido el interés.

–¿Dónde encuentras la inspiración para escribir?

–En todas partes. En los búhos. En la luna –contestó ella, sin pensar. Lo único que quería era que volviera a besarla…

–¿En los búhos?

–Bueno, son seres muy mágicos. ¿Has leído… has leído *Rebecca*?

–¿Qué es? ¿Tiene que ver con búhos?

–No, no –repuso ella, riendo–. Es una historia de amor y misterio. Rebecca tiene una casita en el embarcadero de la finca de sus padres, amueblada con una cama y todo. La utiliza como nido de amor para encontrarse con su amante secreto.

–No, no la he leído. No me interesan mucho las historias de amor… –señaló él, encogiéndose de hombros.

Qué tonta, se dijo Shari. Los hombres no leían historias de amor.

–¿Qué crees? ¿Tendrá cama la cabaña de este embarcadero?

Shari se llenó de adrenalina ante su insinuación. Titubeó un momento antes de contestar.

–Podemos comprobarlo. Sé dónde guardan la llave.

–¿Estás segura?

Al mirarlo a los ojos, Shari leyó el inconfundible brillo del deseo.

–Estoy segura –contestó ella con la respiración

23

acelerada y deslizó la mano bajo una plancha de metal junto a la puerta, donde le había visto esconder a Neil la llave una docena de veces.

Bingo. Allí estaba.

Con mano temblorosa, la metió en la cerradura y abrió. Dentro, olía a barniz y a sal. La luz de la luna iluminaba las paredes.

Shari se dirigió hacia unas escaleras y, cuando tropezó, Luc la sujetó. Sus ojos se encontraron. No necesitaba luz para saber que los de él estaban ardiendo. Ella sentía lo mismo, en sus venas, en los pechos, entre las piernas.

Cuando llegaron arriba, a una buhardilla diáfana, él la tomó entre sus brazos. La besó con pasión, tocándola por todas partes, desabrochándole el sujetador. Ella se lanzó a desabotonarle la camisa, ávida por sentir su piel desnuda bajo las manos.

Envolviéndola con su olor a *aftershave*, a vino y a hombre, Luc comenzó a acariciarle los pechos y le besó un pezón. Shari gimió de placer cuando él le deslizó la mano bajo las medias para acariciarle entre las piernas.

Entonces, le introdujo un dedo en el sexo, bañándola con oleadas de placer. Ella se meció contra su mano, dejándose llevar, enloquecida por el deseo.

–Oh –gritó ella, aferrándose a los hombros de él–. Sí, sí, sí.

Pero, por desgracia, la mano de él se detuvo.

–No llevo preservativos –le susurró Luc al oído–. ¿Y tú?

24

–¿Qué? –dijo ella. Sin embargo, al momento, recordó que llevaba uno de emergencia en el bolsillo interior del bolso.

Rebuscando con desesperación, lo encontró y se lo mostró.

–Toma –señaló ella triunfante.

Con ojos ardientes y llenos de urgencia, Luc se lo arrebató de las manos y se lo puso.

Shari entrelazó las piernas alrededor de la cintura de su amante. Entonces, él la penetró una y otra vez, llenándola, haciendo explotar un volcán en sus entrañas.

Pronto, ella perdió el control y se rindió al clímax más intenso que había experimentado jamás. Él llegó al éxtasis al mismo tiempo, entre gemidos y estremecimientos, aumentando el placer de Shari.

Ella no podía creerlo. Había sido tan maravilloso… Durante unos segundos, se aferró a él, disfrutando del momento. Estaba segura de que no iba a olvidar a Luc Valentin el resto de su vida.

–Deberíamos volver –le susurró ella–. Nos van a echar de menos.

–Ven conmigo a mi hotel –pidió él con mirada ardiente–. Podemos cenar y disfrutar el uno del otro. ¿Quieres?

Excitada, Shari habló sin pensar.

–Claro, tengo ganas de cenar. Pero antes tengo que despedirme de Neil y Em. Si no, se preguntarán…

–Sí, no queremos que se pregunten nada –le interrumpió él con voz grave.

Capítulo Dos

Cuando Shari salió del baño, Luc estaba esperándola al otro lado del pasillo. Como ella, estaba fresco y compuesto de nuevo, como si nada hubiera pasado.

En ese momento, Emilie salió del comedor y él dio un paso atrás, para no ser visto.

–Tesoro, te estaba buscando –dijo Emilie–. Quería preguntarte dónde está Rémy.

Shari titubeó y miró hacia Luc, preguntándose si estaría escuchando. Él la observaba alerta.

–Bueno, yo… yo… no lo sé seguro –balbució Shari–. Se ha ido, creo. Te lo contaré mañana, te lo prometo.

–¿No lo sabes? –insistió Emilie–. Vamos, Shari, dime qué pasa. Hace meses que no os vemos a ninguno de los dos. Es tu prometido. Deberías saberlo. ¿Es que te oculta las cosas?

Al sentir la intensa mirada de Luc sobre ella, Shari se sonrojó.

–Mañana te lo contaré todo, Em. Te lo prometo.

De pronto, entonces, unos invitados invadieron el pasillo con sus risas y Emilie se rindió.

–Mi hermano siempre tiene que causar problemas –protestó Emilie en voz baja–. De acuerdo,

Shari. Mañana. No te olvides. No podré dormir hasta que me lo cuentes –añadió y se reunió con sus invitados.

Luc esperó a que el pasillo se quedara vacío para reunirse con ella. Su mirada daba un poco de miedo.

–Sé lo que debes de estar pensando. No es lo que parece. Puedo explicarlo –murmuró ella.

–Claro que puedes. Vas a casarte con mi primo –la acusó él–. Eres tú quien me respondió el telefonillo en su casa.

–Shh –susurró ella–. Sí, era yo. Pero no, no voy a casarme con él. Nuestro compromiso se rompió hace meses.

–¿Y por qué Emilie no lo sabe? –inquirió él con incredulidad.

–Bueno… todavía no se lo he contado. Rémy es su hermano y yo soy hermana de Neil… Em está teniendo un embarazo difícil y… Está tan apegada a Rémy que no quería causarle preocupaciones. Rémy me pidió que no contara nada porque quería darle la noticia él mismo –explicó ella con una mueca–. Supongo que tiene miedo de que yo les cuente toda la verdad.

–¿Qué verdad?

–Este no es lugar para hablar. Te lo contaré cuando estemos a solas –le susurró ella y sacó el móvil del bolso–. ¿Tienes coche o llamo a un taxi?

–Un momento –le urgió él, mirándola como si fuera un ser repulsivo–. ¿Hace cuánto tiempo rompiste con Rémy?

27

–Hace bastante tiempo.

–¿Cuánto?

–Le devolví el anillo de compromiso hace dos meses –contestó ella, un poco molesta por el interrogatorio–. Pero lo nuestro ya se había ido a pique mucho antes.

–¿Mucho antes? Deja de darme respuestas vagas –le urgió él–. ¿Cuándo fue la última vez que estuviste con él?

–¿Qué más da?

–Igual a otros hombres les da lo mismo. Pero a mí me da asco acostarme con mujeres que acaban de salir de la cama de mi primo.

–No acabo de salir de su cama –se defendió ella, sonrojándose indignada.

–¿Cuándo fue la última vez que lo viste? –insistió.

–El miércoles, ¿de acuerdo?

–¿De esta semana? –inquirió Luc, frunciendo el ceño.

–Sí. Vino a buscar su pasaporte. Me acusó de escondérselo. Dijo que se tenía que ir a Los Ángeles de viaje de negocios.

–Mentiroso… –murmuró él con cara de desprecio–. ¿Y le diste el pasaporte?

–Yo no lo tenía.

Luc la miró con gesto de sospecha, como si no creyera una palabra. A Shari se le erizó el vello. Estaba harta que la insultaran los hombres de esa familia.

–Así que te acuestas con un hombre un miércoles y, luego, con su primo el sábado –le acusó él.

28

–Eso sería una suerte para su primo –replicó ella, furiosa. Apretando los labios, le dio la espalda.

Entonces, Luc titubeó un momento. Quizá estaba siendo demasiado duro, pensó. Era posible que para ella no tuviera nada de malo lo que había hecho. Era una mujer, después de todo. Además, ya no estaba prometida con Rémy…

Observándola, sintió de nuevo el aguijón del deseo. Sería un gran sacrificio separarse de ella en ese momento. Y Rémy no tenía por qué saberlo nunca.

¿Pero qué estaba pensando?, se reprendió a sí mismo, avergonzado. Había ido a Sídney para echar a Rémy del trabajo, no para robarle la mujer. Según él lo veía, si se habían acostado hacía un par de días, Rémy y ella seguían siendo amantes.

Para no sucumbir a la tentación, se esforzó en no volver a mirarla.

–Comportémonos como adultos –dijo él con tono helador–. Tenemos que admitir que nuestro reciente… interludio ha sido un malentendido.

Sin decir nada, Shari se digirió a la puerta principal.

–Shari –llamó él, la adelantó y le cortó el paso, agarrándole la mano que había puesto en el picaporte.

Ella se quedó rígida, con ojos llenos de terror.

–Lo siento –se disculpó él y la soltó al momento–. No pretendía asustarte. Sorprendido por la tensión que ella irradiaba, intentó suavizar las cosas–. Sé razonable, Shari, por favor. Quizá quieres hacer esto para vengarte de Rémy por algo. No pue-

29

do dejar que me uses como arma en una disputa entre amantes.

–¿Vengarme? –repitió ella en voz baja y temblorosa–. ¿Cómo no me he dado cuenta antes? Eres como él.

–¿En qué soy como él? –quiso saber Luc, ofendido.

–En todo lo que dices. Me acusas de ser una… zorra.

–No –negó él, tratando de calmarse–. Soy demasiado educado como para eso.

Shari abrió la puerta y salió.

Un segundo después, dejándose llevar por un impulso, Luc salió tras ella. Casi la había alcanzado, cuando Shari detuvo a un taxi que pasaba por allí.

El coche paró y ella entró. Desde la ventanilla, le lanzó una última mirada de repulsión.

Atónito, Luc se preguntó qué clase de hombre estaría ella pensando que era. Con fuego en las venas, corrió a su coche de alquiler.

Siguió al taxi entre el tráfico. Al menos, si hablaba con ella, podía explicarle su punto de vista mejor. Era mejor que su encuentro les dejara a ambos un buen sabor de boca.

Después de todo, eran casi familia. Y habían compartido unos minutos deliciosos…

Apretando las manos sobre el volante, revivió la suavidad de su piel, la dulzura de sus caricias. Si era sincero consigo mismo, no estaba dispuesto a dar por terminado el encuentro.

Dejaron atrás el puente de la bahía y atravesaron

el centro de la ciudad hasta llegar hasta Paddington. Sin embargo, Luc perdió de vista el taxi, al pararse en un semáforo en rojo.

Maldiciendo, tomó una dirección al azar y, tras cruzar un par de intersecciones, vio a lo lejos a alguien bajándose de un taxi parado. Estaba demasiado lejos para ver si era Shari, pero era muy probable, pensó. De nuevo, tuvo que detenerse en un semáforo. Cuando consiguió llegar, el taxi ya se había ido y la calle estaba desierta.

Con el corazón latiéndole como loco, Shari comenzó a desmaquillarse, repitiéndose a sí misma que no había hecho nada malo.

No tenía por qué avergonzarse. Ni le importaba lo que Luc Valentin pensara de ella. Le había dejado disfrutar de su cuerpo por pura generosidad.

Tratando de calmarse, respiró hondo y esperó que dejaran de temblarle las manos. Con cuidado, se quitó el maquillaje del ojo amoratado.

¿Era su imaginación o tenía peor aspecto? Se lavó los dientes, se puso una camiseta y se metió en la cama.

De pronto, unos ruidos la sacaron de sus pensamientos. Recordó que era la noche de la recogida de basuras en el barrio. Había apilado un montón de cosas para tirar. Debería levantarse y sacarlas fuera.

***

31

Desde la acera, Luc escrutó las casas alineadas en al calle. Sospechó que podía ser el número 217, pues acababa de ver una luz apagarse en una de sus ventanas.

¿Y si se equivocaba?, se preguntó, sintiéndose de repente un poco ridículo. No podía llamar a todas las puertas de la calle.

Por alguna razón incomprensible, no había podido resistirse al impulso de seguirla.

Cuando estaba a punto de rendirse, la puerta del número 221 se abrió y un hombre mayor salió con un gran cubo de basura, que colocó junto a otros bajo una farola.

Un minuto o dos después, las luces se encendieron en el número 219.

Luc esperó, con el corazón acelerado. Vio salir a una mujer rubia.

Afiló la mirada y descubrió que era ella. Se había puesto una larga bata, pero era Shari.

–Shari –llamó él, cuando ella estaba dejando unas cosas en el contenedor.

Ella se sobresaltó al verlo salir de entre las sombras, soltando un grito de terror.

–Shari –volvió a decir él, pero se controló para no tocarla–. Solo… solo quiero hablar. Solo quería explicarte…

–Luc –dijo ella con incredulidad, y se cerró la bata con fuerza, cruzándose de brazos–. ¿Qué estás haciendo aquí?

–Shari… –repitió él, avanzando unos pasos.

Entonces, cuando la farola iluminó el rostro de

ella, Luc no pudo creer lo que veía. No era una sombra lo que rodeaba su ojo derecho.

Ella se giró de inmediato, se tapó el ojo con la mano y caminó hacia la puerta con paso acelerado.

–Déjame en paz.

Luc se quedó paralizado un segundo, hasta que comprendió, con el pecho encogido. El llamativo maquillaje de esa noche había sido un camuflaje.

Antes de que ella pudiera cerrar la puerta, él consiguió llegar y se lo impidió, bloqueándola con la rodilla.

–¿Qué ha pasado? ¿Quién te ha hecho eso? ¿Rémy?

–Claro que no. ¿Qué crees, que además de ser una zorra soy una… una…? Fue un accidente, ¿de acuerdo? –se apresuró a mentir ella.

Estaba sonrojada y temblando, con un aspecto tan vulnerable que Luc se enterneció.

No podía creer que hubiera sido un accidente.

–Shari, cariño. No seas tan… No quería decir que… Esto no es un… no es un adiós.

–Somos dos desconocidos –repuso ella con los ojos llenos de emoción–. Nunca volveremos a vernos. Aléjate de mi casa, por favor.

Entonces, le cerró la puerta en las narices.

Pero era Rémy a quien Shari no volvería a ver jamás.

Una mañana de otoño, Neil se presentó ante su puerta con la noticia. Rémy había estado conduciendo demasiado deprisa en una carretera de

montaña y su coche había resbalado por un preci-
picio.

El shock fue tan grande para Shari, que tuvo que
irse corriendo al baño a vomitar. Al parecer, además, Rémy no estaba solo en el coche.

Durante las horas siguientes, mientras intentaba
asimilar la noticia, Shari se sintió incapaz de llorar.
Al menos, la pobre Emilie podía desahogarse de esa
manera. Em estaba tan hundida que Neil no se
apartaba de su lado, preocupado por su salud y la
de los gemelos que esperaba.

A Shari no se le ocurrió nada mejor que ponerse
el chándal y salir a correr.

No pudo evitar especular sobre qué pensaría
Luc acerca de la muerte de su primo. Ella, por su
parte, se sentía extraña.

Solo sentía empatía por la pobre Em, pero Rémy
no le daba ninguna pena. Respecto a él solo la invadía un enorme vacío.

En la sede parisina de D´Avion, Luc Valentin
leyó con el pulso acelerado el informe de la policía.

Siempre era una tragedia la muerte de un hombre joven, aunque Rémy no se había hecho querer
demasiado por ninguno de sus parientes. Em sería
la única que lloraría su pérdida. Lo que más le sor-
prendía a Luc era que hubiera sido un accidente: lo
más razonable hubiera sido que alguien lo hubiera
asesinado.

De pronto, el despacho le resultó demasiado pe-

34

queño y sofocante, así que salió a la calle, sin poder borrarse de la mente la imagen que desde hacía varios días invadía sus sueños. Shari...

Si Australia no estuviera tan lejos, al menos, podría hablar con ella, se dijo. Escuchar su voz...

A veces, a media noche, había pensando en tomarse un mes de vacaciones e ir a visitarla. Solo para ver cómo estaba, para saber si necesitaba que la protegiera.

Sin embargo, tampoco había olvidado sus últimas palabras, cuando ella le había dicho que eran dos desconocidos. Ni el frío sonido de su puerta cerrándose.

Con una mueca, Luc pensó que no era típico de él ir detrás de una mujer. Pero primero lo había rechazado Manon y, después, Shari.

Debería haberse quedado en Australia y haber perseverado. Si no hubiera tenido que regresar con urgencia a la oficina, podía haberse quedado y... ¿Y qué?

Quizá, podía haberla convencido de que se olvidara de Rémy. O seducirla con dulces palabras. Sin embargo, ningún hombre debería intentar imponer su voluntad a una mujer que había sido marcada por el brutal abuso de fuerza masculino.

Solo de recordar el rostro de ella, Luc apretó los puños. Si alguna vez se cruzaba con el canalla que le había hecho eso...

Aunque estaba seguro de que había sido Rémy. No era de extrañar que Shari hubiera estado llorando cuando había ido a su piso a buscar a su primo.

¿Cómo era posible que una mujer como ella se hubiera dejado someter por un tipo como Rémy?

Tal vez, ella seguía enamorada de él y por eso negaba que la hubiera pegado y aseguraba que había sido un accidente.

Al pasar delante de un bar, Luc detuvo sus pasos. Entró y pidió un coñac. Sentado, se sacó el informe del bolsillo y volvió a leerlo. ¿Le habrían contado a Shari que Rémy viajaba con otra mujer? Quizá ella estuviera destrozada por ese pequeño detalle.

Luc tomó el móvil, calculó la hora australiana y con un gesto de impaciencia volvió a guardarse el aparato en el bolsillo.

Shari entreabrió los ojos, el insistente sonido del teléfono en la mesilla de noche la había despertado.

–Hola –respondió ella.

–Hola, Shari.

Ella se quedó petrificada al oír aquella voz masculina con acento francés.

–¿Rémy?

–Shari, soy yo, Luc –respondió la voz al otro lado del auricular tras un momento de silencio–. Siento molestarte.

–¿Lo sientes? –replicó ella, sin poder evitar un inmenso alivio–. ¿Sabes qué hora es? Me llamas en medio de la noche… ¿Es que quieres asustarme? ¿Cómo has conseguido mi número?

–Me lo ha dado Neil. Perdona. Ya veo que ha sido un error.

36

–Otro er… –comenzó a decir ella, pero no pudo terminar la frase porque Luc Valentin colgó de inmediato.

Shari se quedó despierta hasta el amanecer, mirando al techo, sin poder dejar de darle vueltas, deseando que Luc no la hubiera visto sin maquillaje aquella noche. Así, al menos, le habría quedado algo de dignidad.

Los días que siguieron a la noticia fueron una agonía para Shari. Emilie necesitaba hablar con alguien de su hermano y lo menos que ella podía hacer para aliviar el dolor de su cuñada era escucharla.

Emilie le enseñó unas fotos de su visita a París en el viaje de novios. Una de ellas le llamó la atención a Shari. Eran cuatro personas sonrientes, apoyadas en la verja de un campo en un entorno rural. Rémy y Em posaban con Luc y una morena espectacular.

–Mira, Shari, estos son Luc y Manon. Fuimos de visita a la granja de *tante* Laraine. ¿Te acuerdas, Neil? ¡Qué felices éramos! –exclamó Emilie con los ojos llenos de lágrimas.

Shari la abrazó para consolarla y, cuando sus lágrimas cesaron, volvió a mirar la imagen. Manon era muy hermosa. Sin embargo, fijándose en Luc, intentó convencerse de que él no parecía tan feliz a su lado. No sonreía como los demás.

Al día siguiente, la curiosidad pudo con ella y buscó información sobre Manon en internet. Todas las páginas del corazón hablaban de su sonada aventura con Jackson Kerr.

Sobre Luc, por otra parte, no había encontrado nada en las páginas de cotilleos. Solo alguna información en la prensa financiera.

Intentando no pensar en ninguno de los dos, Shari se encerró en su trabajo, hasta que una mañana, cuando estaba haciendo los bocetos para un cuento de búhos, le llegó un precioso ramo de flores. Dejándose invadir por su embriagador aroma, abrió la tarjeta.

Al leerla, las sienes comenzaron a latirle con fuerza.

Para Shari. Con mis más sinceras condolencias por su trágica pérdida.
Luc Valentin

Shari se sentó en la cocina, mirando la tarjeta, pensativa. Luc sabía lo que Rémy le había hecho. Había visto su ojo morado. ¿Se estaría riendo de ella?

Neil le hablaba de Rémy a Shari por teléfono. Decía que su corazón siempre había pertenecido a Francia y que, por eso, había decidido enterrarlo en París, en el mausoleo familiar.

–Emilie está hundida porque no puede ir –le explicó Neil a Shari–. El embarazo le exige descansar.

–Sí, lo sé. Es una pena –respondió ella–. Pobre Em. Es una tragedia. ¿Pero qué puede hacer?

–Cree que alguien debería ir en su lugar –señaló

38

Neil y titubeó un momento antes de continuar–. Nosotros… sabemos que te gustaría estar allí, Shari. Así que… contamos contigo.

–¿Qué? –replicó ella. Se imaginó en el entierro, junto a Luc y un montón de familiares desconocidos–. Neil, no. Rémy y yo ni siquiera nos separamos como amigos. Él no… él no quería que yo fuera. Ni siquiera conozco París. Yo… yo… Neil, tú sabes que no puedo pagarme el viaje.

–No te preocupes, tesoro –repuso Neil con suavidad–. Te compraremos el billete. Por favor, di que sí. Es lo menos que podemos hacer por ti.

–Pero… Neil, dile a Em que me encantaría ir en su lugar, pero los funerales no se me dan bien. Y estoy muy… desde hace unos días estoy muy cansada. Además, no tengo nada que ponerme. Ni sé hablar francés. Neil… Neil… es un vuelo demasiado largo.

Hubo un largo silencio al otro lado de la línea.

–Hermana, escúchate –dijo Neil con tono tajante–. Tienes que hacerlo. Em y yo sabemos que llevas unas semanas muy deprimida. No pareces tú.

–¿Qué quieres decir? –preguntó ella, aunque lo sabía muy bien. Se sentía hundida.

–Emilie y yo lo hemos hablado. Pensamos que no quieres aceptarlo.

–Neil –repuso ella y rio sin ganas–. No seas tonto.

Era típico de su hermano el hacer algún diagnóstico psicológico para explicar la situación, pensó Shari. ¿Pero cómo iba a decirle que solo necesitaba que sus hormonas volvieran a la normalidad y le bajara la menstruación para volver a ser ella misma?

–Vamos, Shari. La verdad es que llevas mucho tiempo de luto por tu ruptura con Rémy. Creemos que tienes que hacer esta especie de peregrinaje para cerrar ese capítulo de tu vida.

Shari se mordió la lengua para no responder nada inconveniente.

–Insistimos en que vayas. Te reservaremos una plaza en primera clase –continuó él–. Así podrás dormir. Y no te preocupes por París. La familia cuidará de ti. Mira las buenas migas que hiciste con Luc.

Los recuerdos de su noche en el embarcadero asaltaron a Shari, haciéndole temblar las piernas.

–No. En eso te equivocas. Nos detestamos mutuamente.

–¿Segura? Hace apenas una semana que lo mirabas con ojos de corderita.

Shari se estremeció ante sus palabras. Si su hermano supiera el daño que le hacían… Se sentía demasiado avergonzada por haberse entregado a Luc, la única persona que sabía que había sido una mujer maltratada. No quería volver a verlo nunca más.

–Vamos, Shari, hazlo por Emilie al menos. A ella le encantaría que fueras en su lugar, pero no se atreve a pedírtelo.

Lo que faltaba, pensó Shari. Emilie era una mujer frágil y cualquier estrés adicional podía hacer que el parto se le adelantara. Su vida o la de los gemelos podía correr peligro.

Era una decisión difícil. Shari quería demasiado a Em. Entonces, comprendió que, si se negaba a ir, se lo reprocharía a sí misma toda la vida.

Respirando hondo, se llenó de resignación y se dijo que debía dejar de lado sus miedos y fobias personales. En cuanto a lo que Luc Valentin pensara de ella, no debía importante.

Podía asistir al entierro y enfrentarse a él sin perder la compostura.

Sin embargo, Shari puso algunas condiciones. Le hizo prometer a su hermano que no avisaría a nadie de su asistencia. No quería que nadie fuera a buscarla al aeropuerto, ni que la alojaran en el hogar familiar. Prefería quedarse en un hotel.

Era una cobarde, era cierto, pero no quería arriesgarse a que Luc les hubiera hablado a todos de la cualquiera con la que se había prometido su primo, pues eso era lo que él pensaba de ella.

Y, por si todo eso no fuera bastante, era verdad que tenía un trauma con los funerales, desde que había asistido al de su propia madre con diez años. Si Neil no hubiera estado a su lado para abrazarla y protegerla en los días y las noches posteriores, habrían tenido que ingresarla en un psiquiátrico.

Poniéndose manos a la obra, Shari reservó una habitación en un hotel junto al Louvre. Así, si le fallaban las fuerzas a la hora del ir al funeral, siempre podía ir al museo.

También se aseguró de llevar algo decente que ponerse. Luc podía tener muy mala opinión sobre sus principios y su moral, pero no le daría la oportunidad de criticar su ropa. Rémy siempre le había dicho que los franceses despreciaban a las mujeres que no sabían lucir su belleza. Y ella quería causar una impresión impecable.

También metió en la maleta una caja de tampones. Cuando, al fin, le llegara la regla, iba a ser como las cataratas del Niágara, pensó.

Al fin, llegó el temido momento de subirse al avion.

Cuando aterrizó en Charles De Gaulle, veinticinco horas después, se sentía mareada. Las turbulencias de la última parte del vuelo le habían hecho vomitar toda la cena.

Se lavó los dientes y se refrescó en el baño, pero se sentía sudorosa, tenía la ropa arrugada y le dolía la cabeza.

Al menos, no había nadie esperándola en el aeropuerto para atestiguar que estaba hecha un trapo.

Enseguida, tomó un taxi y se dirigió al hotel. Aunque era primavera, hacía un día lluvioso y frío.

Cuando salió del taxi, estaba tiritando. Miró a su alrededor. Así que eso era París.

Un portero sonriente le tomó las maletas y le abrió la puerta. Por suerte, dentro del hotel hacía una temperatura muy agradable y el personal parecía muy amistoso.

Agotada, al llegar a su espaciosa habitación, no tuvo fuerzas más que para darse una ducha caliente y meterse entre las suaves sábanas.

Capítulo Tres

A la mañana siguiente, Shari se levantó con el estómago revuelto. Era normal, teniendo en cuenta el día que tenía por delante.

Luc Valentin estaría en su terreno, mirándola con desprecio, volcando en ella todos sus prejuicios. Y tan sexy como lo recordaba.

Se vistió despacio para contener una embriagadora sensación de náusea. Emilie le había prestado un precioso traje de chaqueta negro de seda. Tuvo que contener el aliento para cerrarse la cremallera pero, al menos, el conjunto le resaltaba las curvas, sobre todo los pechos.

Con unas delicadas medias negras y tacones altos, se miró al espejo satisfecha. Estaba más elegante de lo que había estado nunca.

Solo le faltaba el sombrero. Em le había prestado uno negro de ala ancha con una rosa negra de terciopelo.

Después de colocárselo sobre un sencillo moño francés, tuvo la impresión de ir disfrazada. Ninguno de sus amigos la habría reconocido. Quizá, ni siquiera Luc la reconocería.

A pesar de que se había maquillado, la cara seguía notándosele tensa. Tenía el estómago tan revuelto que ni siquiera consideró la posibilidad de desayunar.

Enseguida, llegó el temido momento. Con la boca seca, Shari bajó al vestíbulo y pidió al conserje que le llamara un taxi.

Con los pies pisando un freno imaginario en el suelo del taxi, Shari fue conducida a través de las puertas del cementerio. Al final de un camino rodeado de lápidas, se detuvo delante de una capilla.

Delante había congregado un pequeño grupo de gente, todos de negro. De entre todos ellos, destacaba Luc. Estaba un poco alejado de los demás, con gesto solemne e inaccesible.

Al oír el sonido de las ruedas en la grava del camino, Luc se giró hacia el coche. Afiló la mirada, tratando de ver al ocupante del taxi. La curva del cuello y la mejilla que vislumbró debajo de un amplio sombrero parecía pertenecer a una mujer joven y muy femenina.

Shari salió, dudando que sus piernas fueran capaces de sostenerla. Cuando el taxi la dejó sola delante de la capilla de piedra, todas las miradas se posaron en ella.

De pronto, sintió que Luc la reconocía. Él se quedó mirándola con intensidad unos momentos. Y comenzó a acercarse.

Con el corazón acelerado, Shari estaba clavada en el sitio. Luc tenía un aspecto poderoso y autocrático, con el rostro serio y ceñudo. Trató de no enfocar la atención en su boca y no recordar lo que había sentido con sus besos, pero no pudo evitarlo.

–Shari –saludó él y le dio dos besos en las mejillas.

Ella se había preparado para ese momento. Se había prometido a sí misma no dejar que la rozara. Sin embargo, a la hora de la verdad…

–*Bonjour* –saludó ella con voz temblorosa. De forma inexplicable, los ojos se le llenaron de lágrimas y sintió la urgencia de agarrarse a las solapas de su interlocutor.

–Siento tu pérdida –dijo él con voz suave.

–Oh. Ah, sí. Gracias. Lo sé. Es horrible, ¿verdad? Lo mismo digo.

Luc la observó con un brillo dorado en los ojos. Tal vez estaría buscando los restos del moretón, pensó ella.

–Debes de estar desolada.

¿Lo decía en serio? ¿Se estaba burlando?

–No esperaba… –continuó él–. ¿Cuándo has llegado? ¿Por qué no avisaste? ¿Con quién has venido? ¿Dónde te quedas a dormir?

De pronto, todas las acusaciones se le agolparon en la mente a Shari.

–¿Te refieres a con quién me quedo a dormir?

–¿Cómo? –dijo él y arqueó una ceja–. Estás muy pálida. Tienes los labios blancos –indicó, examinándola con interés–. Y estás más delgada –añadió y detuvo la mirada en su pecho–. No te has quedado demasiado flaca, por suerte.

Entonces, Shari comenzó a sentirse excitada. Una sensación vergonzosa, del todo inapropiada, se reprendió a sí misma.

–Estoy segura de que lo dices como un cumplido, aunque no tengo ni idea de qué esperabas. Solo han pasado un par de semanas.

–Cinco semanas y tres días, para ser exactos –señaló él con una sonrisa cautivadora.

–Ah. No los había contado.

Shari tuvo la sensación de que la sonrisa de Luc escondía cierta satisfacción. ¿Acaso creía que había ido allí para verlo?

Entonces, él señaló hacia los presentes, en particular hacia una pareja de mujeres mayores que la miraban con interés.

–*Mamá, Tante Marise, c´est Shari* –la presentó él–. *La fiancée de Rémy*.

–*Ex fiancée* –puntualizó ella a toda prisa, pero sus palabras quedaron ahogadas por el murmullo de familiares que se acercaban para conocerla.

Hablaban un francés tan rápido y coloquial que no fue capaz de entender nada de lo que decían. Solo pudo captar el término *fiancée*, prometida, que repetían sin parar.

Alguien le dio una palmadita en la espalda. Otra persona le murmuró algo que debía de ser un pésame y la abrazó. Incluso un hombre mayor que debía de ser el tío de Rémy la abrazó con gesto caluroso, llamándola *ma pauvre y ma puce*.

Shari se había imaginado sentada sola al final de la capilla, mirando al suelo. Pero las cosas no fueron como había previsto.

46

Las tías de Rémy la habían sentado en la segunda fila, delante de Luc, que la observaba de cerca con curiosidad.

Siempre había sido muy emotiva en situaciones estresantes. Encima, la presencia de Rémy era demasiado pesada. Cuando Luc se levantó para dar un pequeño discurso, casi todo en francés, y un par de personas derramaron lágrimas a su lado, Shari no pudo contener las suyas.

El problema era que las lágrimas eran difíciles de controlar. Una vez que había empezado, no podía parar. Lloró por la agonía que Rémy le había causado, por cómo la había humillado una y otra vez. Aunque intentó hacerlo en silencio, no lo consiguió, y llenó un pañuelo de papel detrás de otro. Pero no estaba triste. En absoluto.

Sin embargo, la familia de Rémy asumió lo contrario. Los que la rodeaban le dieron palmaditas de ánimo y la consolaron. Tías, primos, incluso el tío se acercaron para ofrecerle su apoyo, hasta que Shari se rindió y apoyó la cabeza en el hombro del hombre mayor, dando rienda suelta a sus lágrimas.

Luc interrumpió su discursso en varias ocasiones para mirarla con el ceño fruncido. Era comprensible, pensó ella. Cuando se hubo tranquilizado un poco, él siguió leyendo en inglés, con gesto seco y cortante.

Shari se dijo que debería apreciar su cortesía. Sin embargo, dudaba mucho que Rémy fuera una hermosa flor del campo francés cortada antes de tiempo por el cruel destino.

Luego, empezó a decir que una persona se medía por la calidad de los que lo amaban y describió a Rémy como el poseedor de un gran tesoro humano con los ojos clavados en Shari. Aquel hombre era un hipócrita, pensó ella, sin poder creerlo, tentada de decir lo que pensaba en voz alta.

Pero la tensión emocional de los últimos días le pasó factura y, una vez más, se sintió abrumada por una oleada de náuseas.

Sin tiempo de buscar otro pañuelo de papel en el bolso, se levantó de golpe y salió corriendo hacia la puerta. Fuera, vomitó en una maceta.

Aparte de un par de arcadas, no salió mucho de su estómago. Lógico, pues no había comido nada.

Sudando y jadeando, vio un par de zapatos masculinos impecables a su lado.

–¿Estás mejor? –preguntó Luc con preocupación–. ¿Puedes mantenerte en pie?

–Por supuesto –repuso ella, avergonzada y humillada–. Estoy bien –mintió, agradecida porque él le sujetara del codo. Se limpió los labios con un pañuelo–. Estoy genial. Solo tengo el estómago un poco vacío. No he desayunado.

–*Elle n´a pas pris de petit déjeuner!* –exclamó una voz a su lado.

–*Pas de petit déjeuner?*

La preocupación porque había ayunado cundió entre los presentes, que habían salido de la capilla y la rodeaban con curiosidad.

Tía Laraine, en particular, la estaba observando con una expresión que Shari no pudo interpretar,

48

aunque tuvo la sensación de que la mujer mayor tenía un brillo de sospecha en la mirada.

Shari deseó que la tragara la tierra. ¿Acaso aquella gente no podía comprender que había momentos en que una mujer necesitaba intimidad? Algunas personas comenzaron a hablar de llevarla a la cafetería, incluso hubo quien le ofreció una manta. Todos parecían ansiosos por agradarla.

Entonces, intervino *tante* Laraine. Con tono autoritario, sugirió llevarla a su casa para darle un buen chocolate caliente con pastas.

–No –negó Luc con firmeza–. Nada de chocolate –dijo y murmuró algo a la multitud antes de rodearla con su brazo–. Vamos. Estás temblando. Tenemos que salir de aquí.

–Oh, pero… –balbució ella, lamentando no poder tomarse ese chocolate caliente. Ya no sentía náuseas y tenía el estómago muy vacío. Se le hacía la boca agua solo de pensar en una tostada con mantequilla–. Todavía no he dado el pésame.

–Cree que has dejado perfectamente claros tus sentimientos –opinó él con gesto sardónico.

Por su tono, era obvio que los franceses despreciaban las demostraciones demasiado emotivas.

Acto seguido, la condujo a una de las limusinas que había aparcadas y ella se dejó llevar sin resistencia.

Aliviada, Shari se refugió en su cómodo interior y, cuando Luc hubo terminado de darle instrucciones al chofer, lo miró reuniendo toda la serenidad de que era capaz.

49

–Lo siento –dijo ella, tensa–. No suelo montar estos espectáculos. No sé lo que me ha pasado. Me siento… avergonzada de haberme puesto en evidencia de esa manera.

–No hace falta que te disculpes. Les ha encantado –comentó él con una ligera sonrisa–. Les has dado de que hablar durante meses.

Ella se sonrojó.

–Dios sabe lo que pensarán de mí. Han sido muy amables.

–¿Por qué no iban a serlo? Te has comportado como una novia modelo –observó él con cierto cinismo.

–Sabes muy bien que yo ya no era su novia –repuso ella, controlándose para no romper a llorar de nuevo–. Rémy y yo habíamos roto. Ni siquiera me caía bien. Lo odiaba. ¿Por qué me provocas? ¿Es que siempre eres tan frío con las mujeres?

–No lo creo –contestó él con la mandíbula tensa–. No me siento así cuando pienso en ti. Todo lo contrario. Pero me sorprende que lo odiaras y, aun así, hayas hecho un viaje tan largo para asistir al funeral. Además, no has dejado de llorar.

–Sí, bueno, es que ha sido todo muy abrumador. Yo solo… ¿No te entristecería decir adiós a una persona a la que amaste una vez? –preguntó ella, volviéndose hacia él.

Entonces, al mirarla a los ojos, Luc tuvo una desagradable certeza. No importaba si a ella le había gustado Rémy o no. Había estado enamorada de él.

–No puedo imaginarme estar triste por alguien

que ha violado... todas las reglas del comportamiento civilizado. Aunque supongo que hay mujeres que aman a cierta clase de hombres... hagan lo que hagan.

Los ojos verdes de Shari se inundaron de dolor y, de pronto, él recordó el momento en que la había visto en la puerta de su casa, la última noche. Estaba siendo un idiota por sacar el tema. ¿Cómo podía tener celos de un muerto?, se reprendió a sí mismo.

—Dudo que sea así —repuso ella en voz baja—. Creo que es un mito —añadió—. Las mujeres se enamoran y se desenamoran, pero algunas quedan atrapadas por las circunstancias. Es algo que nunca me ha pasado a mí —aseguró.

Luc se dio cuenta de que ella se retorcía las manos al hablar. Al intentar ver su rostro bajo el sombrero, captó solo un atisbo de sus hermosas mejillas. La sangre se le aceleró, impregnada de deseo y una agridulce sensación. Ella estaba ahí. A su alcance.

—Muy bien —dijo él, pensando qué podía decir para suavizar el desafortunado comentario anterior—. Los hombres también se sienten atrapados a veces. La pasión es peligrosa —opinó y, cuando ella lo miró a los ojos, contuvo el aliento—. No es buena para la salud.

—No. Pero cuando te enamoras lo que menos te importa es tu propia salud... —dijo ella y titubeó un momento—. Siento haber sido tan brusca cuando me llamaste. Sé que solo querías ser amable.

51

–Estabas enfadada.

–Sí, bueno… era un momento difícil. Lo siento.

–No te disculpes. Te llamé porque quería escuchar tu voz.

A Shari le dio un brinco el corazón en el pecho.

¿Cómo podía él hablar como si nada hubiera pasado?, se preguntó ella. Apenas había pasado una hora del funeral. ¿Acaso creía Luc que estaba dispuesta a volver a acostarse con él?

–No sé por qué crees que he venido hasta aquí, Luc…

–Pues dímelo –la urgió él, mirándola con intensidad.

–Por Emilie, por supuesto. Para presentar el pésame por parte de nuestra familia. Y para honrar el amor que una vez sentí por Rémy.

Luc la observaba pensativo.

–Siempre me he preguntado por qué la gente da muchas razones cuando bastaría con una sola. Y esa es la que quieren ocultarse a sí mismos.

¿Acaso él creía que había ido hasta allí para verlo?, pensó ella, nerviosa.

–¿Y cuál podría ser esa razón? –preguntó Shari con una sonrisa burlona.

–Está claro que has venido a verme.

Shari soltó un grito sofocado pero, antes de que pudiera decir nada, él le tomó la cara entre las manos y la besó con pasión. Tras el shock inicial, el cuerpo de ella respondió con excitación, correspondiéndolo como si le fuera la vida en ello.

Bastó con que Luc le acariciara la rodilla y deslizara la mano bajo su falda para que ella se incendiara.

Shari sabía que aquello estaba mal, pero se sentía tan bien… Aquel placer era tan delicioso que no tenía fuerzas para resistirse a él.

Por desgracia, Luc se apartó y le dedicó una mirada escrutadora.

–Bien. Ya tienes algo de color en las mejillas –observó él con masculina satisfacción y voz ronca que delataba su excitación.

–Ha sido muy inapropiado –señaló ella, sonrojada, sin aliento, colocándose el vestido–. ¿No te da vergüenza?

–No. Me siento… triunfante.

Demasiado conmocionada como para hablar, Shari se quedó mirándolo. Luc rio y la besó de nuevo.

Entonces, cuando ella estaba buscando más palabras para expresar su disconformidad, la limusina aminoró la marcha entre las calles del centro de París.

–¿Dónde vamos?

–A desayunar.

El Ritz era el perfecto antídoto para cualquier problema. La belleza del hotel, la comida, unas delicadas notas musicales bañando el ambiente…

El baño era un oasis de tranquilidad, aunque Shari se asustó cuando se vio en el espejo. Tenía el rímel corrido, la punta de la nariz enrojecida por

53

tanto lloriqueo. ¿Cómo era posible que Luc hubiera querido besarla?

Después de reparar el daño con el maquillaje que llevaba en el bolso, se reunió con él en el restaurante. Todo era tan lujoso y bello que daban ganas de sonreír.

Y Luc estaba tan guapo, sentado con un café, mirando algo en su móvil…

Debía comportarse, se reprendió a sí misma. Después de todo lo que había pasado, no podía lanzarse a sus brazos. ¿Es que no era capaz de resistirse a un francés atractivo?

Luc levantó la vista cuando ella se acercaba y la contempló con un brillo en la mirada que hizo que ella se derritiera. A continuación, para acabar de minar sus defensas, se levantó para ayudarla a sentarse con un caballeroso gesto.

Shari se sentó, sintiendo todavía un cosquilleo en los labios por el último beso. Debía dejar las cosas claras, se urgió a sí misma. Antes de que las cosas se salieran de control.

Acto seguido, Luc volvió a sentarse, relajado y sin ninguna preocupación aparente.

–Has sido muy amable por traerme aquí, Luc, pero… –comenzó a decir ella y, al ver que él arqueaba las cejas, no pudo evitar titubear–. Yo… creo que debería dejarte claro que lo que pasó en Sídney no va a repetirse. Los dos acordamos que había sido un error y… Bueno, han pasado muchas cosas y… Por lo que a mí respecta, deberíamos borrar aquel episodio de nuestra mente.

Luc asintió, aunque no pudo ocultar cierta tensión.

–Ah, ¿crees que debería olvidarme de que te conocí en casa de Emilie?

–Sí. Los dos debemos olvidarlo.

–¿Quieres que me olvide del jardín de Emilie?

Ella lo observó con detenimiento.

–Me sorprende que te acuerdes del jardín.

–¿Por qué? Fue un paseo muy agradable, bajo la luna, con el aire impregnado de olor a flores –señaló él–. No me digas que no recuerdas la luz de la luna. Y las luces de la bahía.

–¿Adónde quieres ir a parar? –preguntó ella, aunque sabía muy bien la respuesta.

–Creo que tú lo sabes –repuso él, inclinándose hacia ella con una sensual sonrisa–. A la casa del embarcadero, ¿dónde si no? No creerás que voy a olvidarme de ella, ¿verdad, *chérie*?

–Bueno, yo la he olvidado. Por lo que a mí respecta, lo que pasó no tuvo nada de especial.

Echando la cabeza hacia atrás, Luc rompió a reír.

Molesta, Shari tuvo que controlarse para no tirarle la taza de café a la cabeza. Por suerte, el camarero llegó a tiempo para distraer su atención.

Después de concentrarse un rato en la cara, sintiendo la intensa mirada de Luc en su rostro, ella se decantó por un cremoso yogur natural con fresas frescas. Para seguir, pidió huevos revueltos con mantequilla, caviar y un poco de champán.

Mientras ella comía, Luc siguió observándola

pensativo. Todavía no había podido olvidar sus dulces gemidos cuando la había poseído en la casa del embarcadero.

Al verla morder una fresa, no pudo controlar su erección.

–¿Cuánto tiempo… vas a quedarte?

–Un par de días. Mañana creo que iré a visitar el Museo D´Orsay. Me voy al día siguiente.

Luc trató de disimular su decepción.

–¿Pero no quieres conocer París?

–Bueno, no he venido para hacer turismo.

Cuando Shari se llevó la copa a los labios para beber, no pudo evitar quedarse embobado mirándole la boca. Se obligó a desviar la vista hacia una orquídea que había en un jarrón, junto a la mesa.

–Será una visita… muy breve –consiguió comentar él–. ¿No puedes cambiar el vuelo para más tarde?

–No sé por qué iba a hacerlo –repuso ella, mirándolo a los ojos–. Supongo que… si tuviera una razón…

A Luc se le ocurría una muy buena, pero no podía decirla en voz alta. Lo más probable era que a ella se le estuviera acelerando el pulso igual que él. ¿Por qué tenían que ser las mujeres tan complicadas?, se preguntó.

–Existen muchas razones para quedarse en París.

Con su tono sensual y su mirada penetrante, parecía un lobo hambriento, observó ella. ¿Pero por qué le parecía tan excitante?, reconoció para sus adentros, mientras le subía la temperatura.

56

Le sirvieron los huevos, sin embargo, Shari no fue capaz de acabarse el plato. Era difícil concentrarse en la comida teniendo un hombre como él delante.

–He visto tu libro –comentó él con una sonrisa.

–¿Aquí? –preguntó ella, emocionada.

–*Oui*. En una librería. Entré y lo encontré. Pensé que era… muy hermoso.

Shari resplandeció de placer ante su halago. No le importaba si él estaba siendo sincero. Al menos, era amable. En ese instante, lo amó. Amó a Luc Valentin con todo su corazón.

–Gracias –repuso ella con una amplia sonrisa–. Siempre es agradable que no te critiquen.

Él sonrió y, al momento, puso gesto serio.

–Shari, quería decirte lo mucho que… siento cómo terminaron las cosas en Sídney.

–Me alegro de que saques el tema –dijo ella, tensa, pensando en todas las noches de insomnio que se había pasado dándole vueltas–. Yo… no creo que… sepas lo mucho que me hirieron tus palabras.

Luc parpadeó y bajó la vista, para ocultar sus sentimientos.

–Quizá te lo tomaste demasiado en serio.

–¿A qué parte te refieres? –replicó ella y, sin poder evitarlo, comenzó a temblar un poco–. ¿A cuando dijiste que no me creías? ¿A cuando me acusaste de ser una cualquiera? ¿O a la parte en que me seguiste a casa como un acosador? –preguntó, forzándose a sonreír para disimular el alocado galope de su corazón.

57

–Igual a ti te pareció así. Pero debes de entender que, en ese momento…

–No –le interrumpió ella–. En ese momento, Luc, yo no mentía. Si cometí algún crimen, fue contra mí misma. Mi propio código de comportamiento y mi propia seguridad, al ofrecerme a un hombre que no conocía de nada.

–¿Cómo? –dijo él, subiendo un poco el tono–. No se trataba de eso, era una cuestión de honor. Temía que todavía estuvieras saliendo con mi primo.

–Si hubiera estado con él, ¿crees que lo habría traicionado? –repuso ella, en un susurro–. Si piensas eso, me estás llamando zorra. Es demasiado –añadió, se limpió los labios con al servilleta y se puso en pie.

–Shari, no. No, por favor. No pienses eso –se defendió él, levantándose, y la sujetó los brazos–. Nunca he dicho eso. Pensé que eras una mujer muy hermosa y apasionada, atrapada en una situación… complicada. Pensé que teníamos que hablarlo como adultos civilizados. ¿Por qué crees que te seguí a tu casa?

–¿Por qué? Obvio. Creíste que podías convencerme para meterte en mi cama. ¿No es eso por lo que me has traído al Ritz? ¿Esperas tener suerte de nuevo?

Luc la miró con gesto ofendido.

–Es una sugerencia muy… decepcionante.

Tal vez había sido injusta, pensó ella y, sin poder evitarlo, posó los ojos en los labios de él. Entonces, se sintió poseída por el irresistible impulso de devorarlos, lamer esos labios tensos con la lengua y saborearlo a placer.

Al mismo tiempo, los pezones y su parte más íntima se le incendiaron de deseo.

Como si hubiera adivinado sus lujuriosos pensamientos, Luc arqueó las cejas.

–Shh, shh, *chérie* –susurró él–. Ha sido una mañana muy estresante. Siéntate un momento. Vamos.

Shari miró a su alrededor. Varios comensales parecían interesados en escuchar su discusión.

Confusa, ella volvió a sentarse. ¿Cómo podía desear tanto a alguien que le provocaba tanto desasosiego? ¿Cómo era posible que tuviera tantas ganas de devorarlo vivo?

–Tenemos que hablar en algún sitio privado –propuso él–. Dame dos minutos. ¿Estarás bien? No te vayas, ¿de acuerdo?

Acto seguido, Luc se fue a buscar al camarero.

Ella cerró los ojos. ¿Qué le pasaba? Una vez más, Luc Valentin le estaba haciendo perder el control de sí misma. Debería irse de allí, llamar a un taxi y volver a su hotel para saciar su deseo a solas.

Sin embargo, parecía electrificada. Y estaba muerta de curiosidad por saber qué tenía que decirle. Quizá se disculparía y ella sería capaz de perdonarlo.

Perdonarlo y…

–Ven –dijo él, tomándola del brazo.

–¿Has encontrado un sitio para hablar?

–Sin problemas –repuso él, acariciándola con la mirada–. Me han asegurado que es un sitio muy tranquilo –añadió, la condujo a un ascensor y apretó el botón del quinto piso.

El ambiente estaba impregnado de tensión sexual y ninguno de los dos habló hasta que se abrieron las puertas del ascensor. Luc la condujo hasta la puerta 514 y metió la llave en la cerradura.

La puerta se abrió, dando paso a un elegante descansillo.

–Pero… es una habitación.

–Sí –dijo él.

Shari entró, temblando de anticipación. Todo era tan lujoso que quitaba la respiración. Los cuadros antiguos, la alfombra persa, amplios ventanales con cortinas de seda…

Pero lo que más le llamó la atención fue una cama extra grande equipada con muchas almohadas de aspecto acogedor.

–Oh –dijo ella–. Es una suite.

–Lo más privado que hay en el hotel –comentó él y se acercó a la ventana. Cuando se giró hacia ella, sus ojos estaban ardiendo de deseo–. ¿Te importaría quitarte el sombrero?

Con el corazón acelerado, Shari comenzó a caminar hacia él y, cuando estuvieron cara a cara, no pudo evitar lanzarse a sus brazos. En el momento en que sus labios se encontraron con pasión desenfrenada, ella fue incapaz de articular ningún pensamiento coherente.

El sombrero aterrizó en el sofá y, mientras Shari

le abría la camisa y le desabrochaba los pantalones, él la despojó de su vestido y le quitó el sujetador.

Ella soltó un grito sofocado al ver la tremenda erección de él, pero apenas tuvo tiempo de tocársela y acariciarla, pues él cayó sobre su cuerpo desnudo como una bestia hambrienta.

Luc le besó los pechos, le lamió los pezones, le trazó un camino con la lengua al ombligo y más abajo.

Entonces, él se puso de rodillas y, abrazándose a sus muslos, le besó el pubis con frenesí. Luego, hizo que ella se sentara en el sofá y le abrió las piernas para sumergirse en su húmedo y aterciopelado interior. Oleadas de inmenso placer la recorrieron, mientras él la exploraba con la lengua.

Cuando Luc le tomó el clítoris entre los labios y chupó, los jadeos de Shari se transformaron en gemidos de puro éxtasis.

Sin embargo, cuando estaba a punto de llegar al orgasmo, él se apartó de pronto.

–No pares ahora. Por favor, por favor, sigue…

Ignorando sus quejas, Luc se puso en pie y sacó un pequeño paquete de preservativos del bolsillo. Se lo puso y la llevó de la mano hacia la cama.

Shari le rodeó con los brazos y le abrazó con las piernas alrededor de la cintura. La urgencia de los dos amantes era tal que él la penetró antes de llegar al colchón.

Entonces, ella se entregó a la deliciosa fricción. Luc era un artista, pensó, mientras la llenaba de placer con cada sinuoso movimiento, incendiándole la piel como un volcán.

61

Y, como la primera vez, el sincrónico ritmo de sus cuerpos desembocó en un clímax fantástico y explosivo.

Shari gritó de placer y, poco a poco, fue abandonándose a un océano de bendición.

Cuando respiró con normalidad, sonrió, mirándolo.

—Ha sido fantástico.

—Lo mismo digo. Eres formidable. Muy apasionada.

—Gracias —repuso ella, sonrojándose, entusiasmada por su halago—. Me he sentido muy bien. No estoy acostumbrada a sentirme tan… excitada. Ha sido muy liberador. Debe de ser una especie de reacción al estrés…

—Me alegro de que el estrés te siente tan bien —comentó él con ojos brillantes y una sonrisa.

—Bueno, hubo otra vez, en realidad. Mi primer… —comenzó a decir ella, y se detuvo, sumida en los recuerdos.

—¿Tu primer qué? —preguntó él, arqueando las cejas.

—En la casa del embarcadero. Allí también me sentía muy excitada.

Cielos, era mejor que cerrara la boca, se dijo Shari. Había estado a punto de confesar su secreto. Saber que era capaz de tener orgasmos le producía una inmensa tranquilidad.

—Pero debes de haberte sentido excitada más veces, ya que has estado prometida.

—Claro, claro —aseguró ella, mintiendo—. Aunque... bueno, las condiciones no siempre son perfectas, ¿verdad?

–¿No?

–No sé lo que siente un hombre, pero una mujer necesita sentirse admirada.

–Pero Rémy te admiraba, ¿no? Te pidió que te casaras con él –observó Luc, frunciendo el ceño.

–No exactamente. Me pidió que nos prometiéramos. El matrimonio lo dejaba para un futuro lejano. Quería dedicarse a su trabajo primero –explicó ella–. Aunque lo que en realidad quería era acostarse con todas las mujeres de Sídney primero –añadió con una amarga sonrisa.

–Fue un tonto. No supo ver lo que tenía –comentó él, acercándose para darle un beso.

–Tienes razón.

Luc la besó de nuevo, en esa ocasión en profundidad y, entre sus brazos, Shari se sintió en el paraíso.

Cuando sus bocas se separaron, rieron, un poco avergonzados por la intensidad.

–Quién iba a decir que íbamos a terminar aquí.

–Yo, no, desde luego. Cuando te vi esta mañana, creí que estaba alucinando.

–Y yo creí que me iba a desmayar.

–Suelo causar ese efecto en la gente –bromeó él, riendo cuando ella le dio un puñetazo juguetón–. No entiendo por qué te prometiste con él. ¿Cómo te convenció?

–No lo sé. Supongo que fui una ingenua. Me pareció tan romántico y encantador...

–¿Romántico? –preguntó él, abriendo los ojos como platos.

–Todas mis amigas pensaban que era muy guapo. Me sentía tan afortunada que creo que me dejé embaucar. Durante un tiempo… –admitió y apretó los labios–. Supongo que, al principio, él también estaba emocionado. Y Emilie estaba tan contenta de que su hermano sentara la cabeza… –señaló con una amarga sonrisa–. Pero, en realidad, él quería seguir siendo un casanova. De todas maneras, creo que he aprendido la lección.

–Debes tener cuidado con el próximo novio que elijas.

–¿Es que no lo entiendes? No habrá próximo novio.

–¿Cómo puedes estar tan segura? Puede que haya algún hombre que merezca la pena y esté buscándote en este momento en alguna parte del mundo.

A Shari se le encogió el corazón al pensar que no se estaba refiriendo a sí mismo.

–Lo siento por él. Por el momento, no pienso comprometerme con nadie.

Luc la observó con atención. Aunque ella sonreía, había algunas sombras en sus ojos y, como aquella noche en Paddington, tuvo el deseo de borrar esas sombras para siempre.

–¿Tan mala fue tu experiencia con Rémy? –inquirió él, frunciendo el ceño.

–Al principio, no. Pero poco a poco fue perdiendo interés… –admitió ella y bajó la vista–. No siempre era… amable conmigo.

64

–¿Era violento?

Al ver que a ella le temblaban los labios, Luc se puso tenso.

–Solo me pegó un puñetazo una vez, cuando no encontraba su pasaporte. Pero era muy cruel. Decía cosas de mí, de Neil. A veces, me tiraba del pelo como bromeando, pero me hacía daño. No se comportaba como si me amara.

Luc siguió frunciendo el ceño, con el pulso acelerado y los puños apretados. Rémy tenía suerte de estar muerto, pensó. Si no, le habría enseñado cómo ser decente y civilizado como una mujer. Aunque, de todos modos, nunca era buena idea combatir la violencia con la violencia.

Sin poder evitarlo, ardió de furia al pensar que hubiera hombres capaces de maltratar a una mujer. Examinando su frágil figura, adivinó que Shari no le había contado todo.

Entonces, se le despertó una alarma. Quizá fuera mejor no saber más sobre ella. Cuanto mejor conocía un hombre a una mujer, más se implicaba en la relación y más se adentraba en el resbaladizo terreno de las emociones. No debía olvidarlo, se dijo.

Shari sintió cierta tensión, mientras el silencio crecía entre los dos. Tal vez, había hablado demasiado, pensó. Casi podía notar el cerebro de Luc analizándolo todo, sopesando sus palabras.

–Pero no hablemos más de mí –dijo ella, quitándole importancia–. Todas las rupturas son dolorosas, ¿no? –comentó, y con una sonrisa le acarició la mejilla–. Todos hemos amado y hemos sufrido, ¿no es así?

—Tienes razón —repuso él, sonriendo también—. Mi última amante me dejó por una estrella de cine. ¿Te imaginas? —añadió, poniendo cara cómica.

Los dos rieron juntos.

—Debía de estar loca —murmuró ella cuando la habitación se quedó en silencio de nuevo.

—He pensado en ti todos los días desde la última vez —admitió él tras unos minutos.

—¿En mi ojo morado?

—No. En ti. En lo bonita que eres. En lo especial que eres. Todas las horas del día.

—Y yo he pensado en ti todos los días también —replicó ella—. Quería asesinarte. Quería hacer que te arrepintieras. Quería rodearte ese cuello tan bonito y fuerte con las manos y…

—Ven aquí —dijo él con brillo en los ojos—. Lo siento. Ahora quiero que lo olvides… todo.

En esa ocasión, la pasión fue más intensa, más tierna. Los ojos de Luc ardían con un brillo especial mientras la llenaba de placer, hasta subirla a las estrellas.

Entonces, Shari se olvidó del mundo. En ese momento, solo existían él, su boca apasionada, su fuerte cuerpo, la fiera intensidad de sus ojos.

Mientras el sol bajaba en el horizonte, sus labios se hincharon de tantos besos y sus cuerpos quedaron saciados. Estaban exhaustos y Luc los cubrió con el edredón.

Ella lo miraba con gesto somnoliento.

—Dos días es muy poco. Deberías quedarte más —pidió él.

–¿Para qué?

–Para esto.

Con el corazón acelerado, Shari reconoció para sus adentros que nunca había sentido tanta pasión y tanta ternura. Tuvo ganas de salir a la calle y gritarlo a los cuatro vientos. Luc Valentin la deseaba. Quería que se quedara en París, en su casa.

–Solo he reservado la habitación de hotel por tres días. Igual no puedo alargar la reserva.

–Pues quédate aquí –propuso él.

–¿Aquí? –preguntó ella, decepcionada–. No, creo que no.

–¿Por qué no? Puedes ir a visitar la ciudad mientras yo trabajo y, por las noches… –sugirió él, arqueando una ceja.

Shari apartó la vista.

–Tengo mucha hambre. Daría lo que fuera por un plato de huevos revueltos –señaló ella, cambiando de tema.

Había sido una tonta por pensar que Luc iba a invitarla a su casa. Si se quedaba una semana más, lo único que conseguiría sería volver a Australia con el corazón roto, se dijo.

Cuando hubieron comido la cena que Luc había pedido, él se vistió y suspiró.

–Debo irme a comprar más preservativos si no queremos arriesgarnos a que nada salga mal.

Shari se quedó mirando el plato, paralizada. De pronto, a la velocidad del rayo, sus miedos inconscientes salieron a la superficie. Desde su encuentro en la casa del embarcadero, ella no había tenido la

67

menstruación. Había pasado ya más de un mes. Y esas náuseas…

Con la noticia de la muerte de Rémy, había tenido demasiadas cosas en la cabeza como para pararse a pensar en eso, pero...

–No –repuso ella con tono sombrío–. Sería horrible si algo saliera mal.

Luc se levantó temprano para ir al trabajo. Shari se quedó en la cama, sin moverse, pues sabía que, si se incorporaba, no podría evitar las náuseas.

–Si todavía quieres visitar el Museo d´Orsay, puedo recogerte aquí a las once.

–¿Tú también quieres venir?

–Bueno, a menos que prefieras ir sola.

–No, me gustaría que vinieras, claro –contestó ella–. ¿Nos vemos allí mejor? Encontraré el camino.

–¿Te sientes bien? –preguntó él, frunciendo el ceño para mirarla.

–Claro. Un poco cansada, nada más.

–Bien –repuso él con una sonrisa, anotó su número de móvil en un papel, se lo entregó y le dio un beso en la frente antes de irse.

En cuanto Luc cerró la puerta, Shari corrió al baño para vomitar. Jadeando, se miró en el espejo, cada vez más segura de qué era lo que le sucedía.

Después de ducharse, se vistió y bajó al vestíbulo.

En una farmacia, compró una prueba de embarazo, luego paró a un taxi y regresó al hotel.

Una hora después, estaba sentada en la cama, sudando y temblando al mismo tiempo. Tras los primeros momentos de pánico y desesperación, había comenzado a hacerse a la idea.

¿Quería tener un bebé sola? No. No podía hacerlo. Su madre los había criado sola a su hermano y a ella y había sido muy duro. Shari siempre había querido tener hijos, pero con el hombre adecuado. No tenía el coraje ni la estabilidad económica necesarias para hacerlo sola.

Con otro ataque de pánico, se dijo que era demasiado tarde. Un nuevo ser había comenzado a crecer en su interior.

Tenía que informar a Luc. O no.

Era obvio que un hombre que solo quería estar con una mujer una semana, en un hotel, no buscaba nada serio. Debía admitir que su relación no tenía perspectivas de convertirse en algo duradero.

Aunque, aunque… Luc era un hombre de mundo. Lo más probable era que le sugiriera deshacerse del bebé. Tal vez, sería lo mejor… También podía ser que él insistiera en que siguiera adelante con el embarazo. ¿Y qué? ¿Dejarla sola con un niño y enviarle dinero todos los meses?

Los pensamientos le corrían como locos por la cabeza, contradiciéndose unos a otros. Su hermano, sí. Neil la apoyaría. Lo mejor que podía hacer era tomar el vuelo que tenía previsto al día siguiente.

***

69

Luc llegó al Museo d´Orsay temprano y se quedó en la entrada, mirando los taxis que llegaban, en espera de Shari. Entonces, la vio acercándose a pie, desde el Pont Royal.

Llevaba unos vaqueros y zapatillas de deporte, con un pañuelo en el cuello y el pelo suelto. Cuando lo vio, ella sonrió un instante, antes de volver a quedarse seria.

Luc afiló la mirada. Estaba muy pálida.

Cuando la besó, notó que tenía las mejillas heladas. Entonces, la abrazó, inspirando su dulce aroma, y el deseo volvió a hacer presa en él.

–¿Estás cansada de caminar? ¿O es que no te he dejado dormir?

Tras unos segundos de silencio, Shari lo miró a los ojos.

Una corriente eléctrica la recorrió, haciendo que sus partes más íntimas subieran de temperatura. ¿Cómo era posible que se sintiera así en su estado?, se preguntó a sí misma.

–Me gusta andar –dijo ella y le mostró el mapa que le habían dado en el hotel–. ¿Lo ves? Quería ver todo lo que pudiera antes de irme.

–Pero todavía no te vas. Te quedarás una semana o dos más, ¿verdad?

–Ya veremos –repuso ella, bajando la vista.

Cuando se lo contara, seguro que Luc ya no tenía tantas ganas de tenerla allí.

¿La culparía?, pensó, y comenzó a sudar. Cielos, debería tranquilizarse, se dijo. Luc no era un hombre violento. No era como Rémy.

70

Observando el rostro de ella, Luc sintió un poco de ansiedad. ¿No estaría pensando en irse al día siguiente? Todavía no parecía recuperada del cansancio del vuelo de ida, caviló. ¿Por qué, si no, iba a estar tan pálida?

Durante las siguientes dos horas, Shari vagó por las salas del museo, mirando los cuadros sin verlos. Solo podía pensar en el bebé que llevaba dentro. Debía de ser muy pequeño. Tal vez, solo un puñado de células. ¿Tendría cara ya? ¿Cuánto tardarían en salirle ojos, nariz y labios?

Shari se dio cuenta de que apenas había hablado. No podía seguir así. Debía comportarse como una persona adulta.

–¿Qué te parece? –preguntó ella, deteniéndose delante de *La noche estrellada*, de Van Gogh. Es… un sueño. A veces, crees que sabes algo pero, a la hora de la verdad, tu percepción de la realidad cambia. De pronto, te das cuenta de que estás en manos del destino y que no tienes ningún control sobre tu vida.

Al ver que él la miraba con intensidad, Shari se calló de golpe, arrepentida por haber dado rienda suelta a sus sentimientos.

–Así es como me siento yo –exclamó él–. Es como si Vincent me hubiera conocido cuando pintó esta obra. Me agrada que tú también sientas su fuerza. Pero no me sorprende –comentó con calidez.

Entonces, Luc la rodeó con el brazo y la apretó contra su cuerpo como si fuera algo precioso. Shari

71

sonrió, aliviada por saber que tenía buena opinión de ella. Sin embargo, su ansiedad por el secreto que todavía no había revelado no hizo más que crecer.

–¿Te sientes bien? –preguntó él, observándola de cerca.

–Sí. ¿Vienes… aquí a menudo?

–No tanto –repuso él, sin dejar de mirarla–. Si algún fin de semana tengo tiempo, me gusta visitar las pequeñas galerías, donde no van los turistas.

–Yo soy una turista.

–¿Y qué haces los fines de semana cuando no estás aquí?

–Depende –contestó él, encogiéndose de hombros–. A veces, voy a ver a mi familia a su casa de campo.

–¿Allí vive tu madre?

–No todo el año. También le gusta ir a los Alpes y a la playa cuando hace mucho calor en París.

–¿Y tu padre?

–Vive en Venecia.

–Perdona por hacerte tantas preguntas –se excusó ella, al tiempo que se sonrojaba–. Tengo la sensación de que no sé nada de ti.

–Pregúntame lo que quieras.

De pronto, Shari no supo por dónde empezar. Presa de la timidez, titubeó un momento.

–Mencionaste a tu antigua novia… ¿Manon? Emilie me contó algunas cosas sobre ella.

Al instante, Luc se puso tenso.

–No era mi novia –aclaró él y se encogió de hombros–. La nuestra era una relación más informal.

–Ah –dijo ella, mirando otra pintura de una escena campestre–. ¿Y ahora? ¿Sales con alguien?

–Ahora estoy aquí contigo –repuso él, mirándola con brillo en los ojos.

–¿Saliste mucho tiempo con Manon?

–Unos años. Seis o siete –señaló él, bajando la mirada.

–Ah. Eso es mucho –comentó ella, sorprendida–. ¿Alguna vez… pensaste en casarte con ella?

Como única respuesta, Luc se acercó al siguiente cuadro y comentó algo sobre el empleo que había hecho el artista de la luz.

Avergonzada, Shari se arrepintió de habérselo preguntado. Quizá, cuando le contara la noticia, Luc iba a pensar que lo había hecho a propósito para que se casara con ella.

Rompiendo a sudar, se apartó un poco. Era obvio que Luc todavía no había superado la ruptura con su bonita novia. Debía de seguir locamente enamorado de esa Manon.

–¿Por qué arrugas la frente como si acabaras de morder un limón? –inquirió él, acercándose a ella y pasándole el brazo por los hombros–. ¿Tan poco te gusta Renoir?

–Nada de eso –repuso ella con una breve sonrisa–. Si te digo la verdad, me estaba sintiendo… culpable. Creo que he metido las narices en lo que no me importa.

–¿Quién ha dicho eso? –replicó él, riendo para quitarle importancia–. Vamos, iremos a comer. Mi madre quiere conocerte como es debido.

73

–Qué bien –dijo Shari con el corazón encogido.

Luc la condujo hasta un bonito Mercedes que tenía aparcado en una calle lateral. Una vez dentro, la tomó entre sus brazos y la besó, dejándola sin aliento. Al instante, se sintió excitada y decepcionada cuando él se apartó.

–Aquí no, *chérie* –murmuró Luc con voz ronca–. Pronto, pronto.

Era poco probable, una vez que conociera la noticia, pensó Shari. Esperaría a después de la comida, se dijo.

–Estás muy callada –observó él cuando se hubieron puesto en marcha–. ¿Qué está pasando por tu cabecita?

–Solo estaba… pensando en tu perro.

–¿Cómo? No hay ningún perro –negó él con tono seco y, a continuación, soltó una risa nerviosa–. Mi ex, Manon, quería comprarse una raza de perro lobo ruso. Hablamos de ello y… decidimos que no. Yo prefería otra cosa. Después de la ruptura, un periodista se basó en la anécdota para inventarse que Manon me había dejado porque yo no le había permitido tener la mascota que quería.

–Ah, entiendo –dijo ella, mirando por la ventanilla–. ¿Qué era lo que tú preferías?

Luc apretó los labios.

–Algo más pequeño.

Tante Laraine vivía en una urbanización privada en medio de la ciudad. Tenía un bonito jardín con

74

una fuente. Un camino de grava llevaba a la entrada de un elegante edificio antiguo con un inconfundible estilo parisino.

Al acercarse a la entrada, Shari titubeó. Toda la familia pensaba que era la prometida de Rémy y, sin embargo, acababa de acostarse con Luc y estaba embarazada de él.

–Luc –dijo ella con la respiración acelerada–. ¿Te importa si no entramos?

–¿Cómo dices? –preguntó él, arqueando las cejas sorprendido.

–Podíamos ir a un café o… –comenzó a decir ella y se interrumpió para tragar saliva.

–¿Pero por qué…?

–Hay algo que tengo que decirte.

Unas personas salieron por la puerta, saludándolos con efusión. Entre abrazos y saludos, Shari perdió su oportunidad de escapar.

–¿Te sientes bien? –le preguntó Luc, que la miraba preocupado mientras los demás entraban con ellos.

–Muy bien –mintió ella.

La casa de Laraine era muy elegante, con techos altos y muebles que parecían carísimas antigüedades.

Había otros miembros de la familia allí reunidos. Shari los reconoció del funeral. Tía Marise; el tío Georges, que la miraba con calidez; un par de primos más jóvenes; Anne Sophie y Sophie Louise, con sus maridos. Aunque todos la recibieron con amabilidad, ella no pudo evitar sentirse avergonzada.

Luc la miraba a menudo con el ceño un poco fruncido. Parecía estar esperando que ella eligiera el mejor momento para decirle lo que quisiera decirle. Como le había alertado del peligro, sin duda, debía de estar especulando con las posibilidades.

Todos los presentes hablaban con ella en inglés, menos cuando se olvidaban. Luc le sirvió un coñac y se lo ofreció. Sintiendo la mirada escrutadora de su madre sobre ellos, Shari lo aceptó sin más. Aunque no lo probó.

Entonces, Shari tuvo la certeza de que Laraine sospechaba algo. ¿Pero qué? ¿Le estaría delatando su lenguaje corporal?

Teniendo en cuenta que toda la familia pensaba que había sido la novia de Rémy, ¿qué iban a pensar si se enteraban de su embarazo?

De pronto, mientras su mirada vagaba por la habitación, posó los ojos en unas fotos de familia que había en una mesita. Entre ellas, había una de la parejita. Manon, con un precioso vestido de tirantes y el pelo recogido, y Luc con traje de chaqueta. En otra, se les veía relajados con varias de las personas allí presentes. Era obvio que Manon había sido parte de la familia.

Pero Shari no tuvo mucho tiempo para darle vueltas, enseguida volvieron a inundarla con preguntas sobre su viaje, sobre Sídney, Emilie y los gemelos que esperaba…

Por otra parte, quizá no debía preocuparse por no beber. Al fin y al cabo, si se deshacía del bebé…

En un momento en que la conversación general

se animó, Luc aprovechó para llevarla un poco aparte.

–¿De qué querías hablarme?

–De nada, de nada. Shh –repuso ella en voz baja, y sonrió como si todo estuviera bajo control. Pero se estaba imaginando yendo al hospital sola y regresando a su piso en Paddington con el bebé.

La comida fue una exquisita tortura.

–Has hecho un viaje muy, muy largo, Shari –comentó Laraine–. Es una pena que haya sido por algo tan triste.

Los presentes mostraron su preocupación por ella con varias preguntas, entremezcladas con discusiones sobre asuntos familiares que le eran ajenos y con comentarios sobre la comida.

«¿Cuánto tiempo estuviste prometida con Rémy? ¿Pensabais casaros pronto? Ya que estás aquí, deberías visitar la casa donde crecieron Rémy y Emilie ¿Por qué no vamos todos juntos y hacemos un picnic en el campo? A Rémy le hubiera gustado verte allí».

Ella sabía que no estaban torturándola a propósito, pero la mera mención de su antiguo novio le producía una insufrible agonía.

Al llegar el postre, fue cuando estuvo a punto de perder la compostura.

–Pobre Shari –comentó Marise–. Debes sentirte como si todo tu mundo se hubiera venido abajo.

Ella meneó la cabeza, dispuesta a negarlo y explicarles la verdad sobre Rémy, cuando Laraine se inclinó hacia ella con ternura.

–Perdónanos, Shari. Es un tema delicado, pero debemos hablarte de ello. Hemos hablado con Emilie y no parece que Rémy haya dejado testamento. ¿Tienes idea de cuál era su última voluntad? Tenemos que decidir qué hacer con sus cenizas. Es una suerte que estés aquí en Francia y puedas ayudarnos a pensarlo.

–Oh, no, no, por favor –replicó ella ante todos los rostros que la contemplaban con compasión. Lanzando una mirada agonizante a Luc, se puso en pie para poder respirar mejor–. Por favor… Todos estáis siendo muy amables, pero debo explicaros algo.

Luc la miró con gesto alarmado, pero ella continuó de todos modos.

–La verdad es que, aunque Rémy y yo estuvimos prometidos durante un tiempo, no fue algo muy… feliz. Nuestra relación terminó varios meses antes de que él… antes del accidente.

Un pesado silencio cayó sobre la habitación.

–No ha sido mi intención confundiros. Y no quiero herir a nadie, de verdad. Sé que todos lo queríais. Era parte de vuestra familia, pero lo cierto es que Rémy no era siempre una persona agradable, al menos, conmigo. A veces, perdía los nervios y era muy… –comenzó a confesar y, justo entonces, sus ojos se clavaron en la urna que descansaba sobre la cómoda.

En ese instante, se dio cuenta de lo que estaba diciendo. Se llevó las manos a la garganta, incapaz de respirar. Notó que le subía la temperatura y, sin previo aviso, se sintió caer en un interminable agujero negro.

Sin ver nada, oyó la voz asustada de Luc, el sonido de sillas moviéndose, exclamaciones de preocupación. Abrió los ojos de inmediato otra vez, o eso le pareció. Quizá pasó algo más de tiempo, pues cuando lo hizo se encontraba en posición horizontal y en otra habitación, con la cabeza en una suave almohada y una cálida manta sobre el cuerpo.

La madre de Luc estaba sentada a su lado, tocándole la rodilla, mientras Luc la miraba de pie, con ansiedad. No se dieron cuenta de que estaba despierta, porque estaban sumidos en una intensa conversación entre susurros.

Shari no pudo entenderlo todo, porque hablaban en francés y a toda velocidad. Sin embargo, hubo una palabra que sí entendió: *enceinte.*

Conocía su significado, sí. Quería decir embarazada. Fue Laraine quien pronunció la terrible palabra y, cuando lo hizo, Shari vio cómo el rostro de Luc se transformaba.

Capítulo Cuatro

Un tenso silencio se cernió sobre ellos durante el camino hasta los Jardines de Luxemburgo. Luc la había sacado a toda velocidad de casa de su madre y Shari estaba sin aliento. Pero no tenía ninguna razón para estar nerviosa. Ni asustada. Él era un tipo civilizado, no violento, y ella podía defenderse sola. Así que el silencio no la estaba afectando.

O, al menos, no demasiado.

Cuando Luc aparcó, salieron juntos para dar un bonito paseo bajo las sombras de la tarde, pasando por verdes praderas y una vieja fuente de piedra. La mayoría de los paseantes, sin embargo, se había ido o estaba recogiendo para irse. Los payasos, un malabarista con disfraz de arlequín. Enamorados de la mano. Un niño jugando con un aro. Madres llevando carritos con bebés.

Se detuvieron junto a una fuente. Luc la encaró. Ella dejó la mente en blanco, igual que había hecho cuando Rémy había estado a punto de golpearla.

—¿Tienes algo que decirme? —preguntó él, tomándole de los brazos con suavidad.

Era el momento de la verdad y Shari no tenía escapatoria.

—Sí —repuso ella y, conteniendo el aliento, lo

80

miró a los ojos–. Es verdad. Yo lo sé desde esta mañana. Estoy… embarazada.

Él se quedó mirándola una eternidad. Su mente parecía estar funcionando a toda velocidad, barajando posibilidades.

–¿Estás segura?

Luc tenía la misma expresión de desconfianza que la noche que habían estado juntos en Sídney, cuando le había preguntado cuándo había estado con Rémy por última vez.

–Bastante segura –contestó ella en voz baja–. Me he hecho la prueba de embarazo esta mañana. Ha salido positivo.

Luc no perdió los nervios. Se limitó a sentarse con ella en un banco cercano. Pero era obvio que estaba conmocionado. Parpadeaba a toda velocidad y tenía la mandíbula apretada.

–Sé lo que estás pensando –señaló ella de pronto–. Te preguntas si el bebé es tuyo. Piensas que podrías ser… Crees que igual estoy aprovechando la oportunidad para cargarte con el hijo de Rémy y… –balbució y se interrumpió con lágrimas en los ojos, apartando la vista.

Él le apretó la mano.

–Por favor. Tengo que hacerte esta pregunta. ¿Es mío?

–Sí. Es tuyo. Rémy y yo no habíamos… tenido relaciones desde hacía mucho.

Luc la contempló con intensidad, frunciendo el ceño. Luego, se pasó los dedos por el pelo y se puso en pie, sin poder estarse quieto.

81

–Esto… hay que pensarlo bien –dijo él, caminó unos pasos, se detuvo, caminó otra vez… como un hombre invadido por terribles conflictos. Después de unos minutos, se paró delante de ella.

Shari cruzó los dedos. Ese era el momento en que el héroe de una novela romántica la tomaría entre sus brazos y le diría que era la noticia más maravillosa del mundo.

–Esta no es la forma ideal de concebir un hijo –dijo él al fin, tras un largo silencio.

–No.

–Tú vives en Sídney, yo vivo aquí. Nos separa una gran distancia…

Shari cerró los ojos. Él apenas necesitaba palabras para expresar su primer pensamiento, tan racional y materialista como la distancia que los separaba.

–Tú tienes una profesión. Eres una mujer independiente. Está claro que valoras tu autonomía.

–Bueno, sí…

–En Francia, por supuesto, hay otras opciones. No estoy seguro de qué dice la ley en Australia –añadió él.

–También hay otras opciones –señaló ella, bajando la mirada.

–Aquí… creo que es tan fácil como tomar una píldora.

Ella asintió.

Luc se la quedó mirando un rato con expresión tensa.

–Ninguno de los dos lo habíamos… planeado.

–No.

–Es un cambio importante. Yo no quería cargarte con este problema.

–Claro que no.

Luc bajó la vista, frunciendo el ceño, con la respiración acelerada.

–Entonces… –comenzó a decir él con el rostro contraído–. Quizá lo más razonable sería… actuar. ¿No crees? –preguntó y le escrutó el rostro, expectante.

El sol se puso tras las nubes. De pronto, Shari sintió que se le quedaba todo el cuerpo helado. Temblando, se cerró un poco más la chaqueta.

–¿Te importa si vuelvo ahora a mi hotel? Me siento muy cansada de repente.

–Claro, claro –repuso él, y la ayudó a levantarse, preocupado.

El camino al hotel fue todavía más tenso.

Cuando llegaron, Luc hizo una pausa antes de apagar el motor, frunciendo el ceño.

–¿Estarás bien aquí?

–Claro. Es un hotel muy agradable.

–¿Y es seguro? ¿Te sientes segura aquí?

–Sí.

–¿Y los empleados? ¿Son respetuosos?

–Mucho.

–¿Y las instalaciones están bien?

Parecía tan preocupado que, a pesar de su sufrimiento, Shari estuvo a punto de reír.

–Muy bien.

Él la acompañó. Miró a su alrededor en el pe-

83

queño vestíbulo y posó los ojos en ella, con expresión cada vez más tensa.

–¿Qué… qué vas a hacer ahora? ¿Vas a dormir?

–Eso espero.

Luc miró en dirección al restaurante, que a ojos de Shari tenía un aspecto cálido y acogedor.

–¿Y la cena? ¿Crees que puedes comer aquí? Apenas probaste bocado en la comida.

–Oh, sí. He comido muy bien en casa de tu madre –afirmó ella, esperando no haber herido sus sentimientos con la falta de apetito–. La comida estaba deliciosa. Y no te preocupes, pediré que me suban algo después.

Luc le tomó de ambas manos.

–¿Estás segura de que esto es lo que quieres? ¿Quieres quedarte aquí ahora?

–¿Qué otra cosa puedo hacer? No estoy de humor para acompañarte otra vez al Ritz.

Luc giró la cara, pero no lo bastante rápido como para ocultar el color que se le subió a las mejillas.

–Mira, no tienes por qué preocuparte –le aseguró ella–. Solo quiero tiempo para pensar. Estoy segura de que los dos lo necesitamos.

Él le besó en las mejillas y salió del hotel, titubeó, dio media vuelta y se volvió para besarla en los labios.

–Te llamo después, ¿de acuerdo?

***

84

Luc condujo hasta su casa, aunque tardó un poco más de lo normal porque se perdió por el camino. Algo increíble, teniendo en cuenta que había recorrido esas calles toda la vida.

Al llegar, se sirvió un whisky y se quedó delante de la ventana, mirando a los tejados, pensando. Pero no conseguía centrarse en un pensamiento mucho tiempo, la mente le funcionaba a demasiada velocidad.

De todas las mujeres del mundo que podía haber dejado embarazadas sin querer... Después de haber condenado a su primo por haberla maltratado, él le hacía... aquello.

Luc se encogió, presa de la vergüenza. Se maldijo a sí mismo una y mil veces.

¿Pero cómo podía estar seguro de que fuera hijo suyo?

Recordó su encuentro en la casa del embarcadero, cuando ella había sacado el preservativo del bolso.

Él sabía que lo normal sería dudar de ella. Cualquiera podía pensar que lo había engañado y que había ido hasta París solo para darle la noticia de su embarazo. ¿De un hijo suyo o de su primo?

¿Por dinero?

Entonces, Luc recordó la imagen de su rostro, lleno de dignidad, cuando la había interrogado en los jardines. Ella no era capaz de engañarlo y él lo sabía, se dijo, avergonzado. ¿Acaso estaba intentando eludir la responsabilidad?

Con la urgencia de escapar de sí mismo, Luc salió de su casa y se lanzó a la calle.

Las luces de las farolas bañaban la ciudad mientras anochecía. Luc se cerró la chaqueta y se metió las manos en los bolsillos, tratando de pensar con claridad.

Tener un hijo no era algo tan extraordinario, después de todo. La gente se enfrentaba a esa clase de pequeñas sorpresas todos los días.

Cuando había estado con Manon, había soñado con tener un hijo con ella. Eso pertenecía al pasado, pero había aprendido la lección. No tenía ningún derecho a obligar a ninguna mujer a tener un hijo suyo. No era justo.

De pronto, visualizó la imagen de Shari con un bebé en brazos y, al instante, la borró de su mente. Incluso aunque ella lo quisiera, no funcionaría.

De todos modos, ella le había dejado claro que no quería volver a tener pareja estable. Luc no quería ni imaginarse su expresión si le proponía algo tan arcaico como contraer matrimonio.

Ella se reiría en su cara. Y, después de su experiencia con Rémy, ¿quién iba a culparla?

No. En su caso, solo podían tomar la decisión más racional. Él la apoyaría, por supuesto, en todo el proceso.

Con suerte, no sería muy doloroso. Quizá, bastara con solo una píldora, pensó con el corazón encogido.

Shari lloró a gusto en el baño, luego, salió. Estaba demasiado desilusionada. En algún momento, habría creído adivinar algo más que deseo en los ojos de Luc, algo más que el cariño normal que se tenían dos personas que habían compartido momentos de intimidad.

Quizá, si vivieran en el mismo país, tendrían una oportunidad. Pero no tenía sentido querer a alguien para quien ella solo era una diversión pasajera.

Al darse cuenta de que, a pensar de todo, se sentía hambrienta, se vistió y bajó al restaurante.

El *potage du jour* resultó ser una reconstituyente sopa de verduras. Combinada con pan crujiente, le supo a gloria. Después, fortalecida con el estómago lleno, le pidió al recepcionista acceso a la sala de internet.

Luc siguió las indicaciones del recepcionista hasta la sala de internet. A través de la puerta, vio a Shari sentada ante una pantalla, tan sumergida en lo que hacía que no se percató de su presencia.

–¿Qué tal?

Ella se sobresaltó, levantando la vista.

–Ah. Creía que ibas a llamarme.

–Tenía que verte. Cara a cara.

Luc se dio cuenta de que a ella se le iluminaban los ojos… ¿por qué?

Al verla en carne y hueso, ansiaba tocarla, abrazarla, pero debía ser cuidadoso con ella. Estaba embarazada.

–¿Has dormido?

–Lo intenté, pero no podía dejar de pensar.

–¿En… eso? –preguntó él con una mueca.

–¿En qué, si no? –repuso ella con cierto recelo.

Entonces, Luc posó los ojos en la pantalla del ordenador. La imagen de un gran círculo brillante llamó su atención. Debía de ser el sol, pensó.

–Mañana, iremos al médico –dijo él con firmeza–. Le pediremos que lo confirme y daremos los pasos necesarios.

–No estoy segura de estar lista para ir al médico.

–Pero… he oído que estas cosas es mejor revisarlas cuanto antes.

–¿A qué pasos te refieres? –inquirió ella, tensa.

–A la revisión médica… a esas cosas –contestó él, con la sensación de que no se estaba explicando bien.

Shari se giró un poco en la silla, dándole la espalda.

–Luc… me voy mañana a casa.

La noticia le sentó a Luc como un puñetazo en el estómago. Cielos, no… Sin duda, ella desconfiaba de que fuera a actuar como un hombre responsable, no podía haber otra razón, se dijo.

–*Mais, Shari, chérie…* –replicó él e intentó agarrarla del brazo, pero se contuvo al ver que ella se encogía y apartaba un poco más. En un par de ocasiones, la había visto hacer eso, como si temiera recibir un golpe físico. Entonces, con angustia, comprendió que ella no confiaba en él, a pesar de las cosas que habían compartido.

No era fácil, con tanta tensión bullendo en su interior, pero de todos modos, Luc intentó calmarse y moderar el tono de su voz.

—Pensé que acordamos que ibas a quedarte un poco más —indicó él, tratando de no sonar autoritario.

—Las cosas han cambiado. Además, yo no acordé nada. Solo estaba… pensándomelo. Y no creo que ahora tengamos ganas de pasarnos una semana en el Ritz.

Al ver su expresión, Luc comprendió que su decisión era firme. Por otra parte, ella tenía razón. En su situación, la sugerencia de ir al Ritz era un poco ofensiva. Sin embargo, la posibilidad de dejarla marchar, sin resolver las cosas, le parecía equivocada.

De nuevo, la pantalla llamó su atención y se dio cuenta de que no era una esfera, en realidad. Era un vientre de mujer, por dentro.

Luc esbozó la sonrisa más persuasiva de que era capaz.

—*Mon dieu*, Shari, no quería insinuar que siguiéramos con el plan como si no hubiera pasado nada. Pero debes comprender que necesitamos tiempo para tomar una decisión razonable.

—¿Sí? —dijo ella, levantando la vista—. Creí que tú ya habías tomado tu decisión.

Luc levantó las manos en gesto de rendición.

—*Zut alors*, ambos hemos tomado una decisión, *n´est-ce pas*? ¿Recuerdas lo que dijimos en los jardines?

Ella se encogió de hombros.

–Estoy bien de salud. De cualquier manera, en Australia tienen muy buenos médicos. No hay nada aquí que no pueda tener allí.

–Allí no estaré yo –señaló él con brusquedad.

Su cambio de tono hizo parpadear a Shari. Se puso rígida, como si hubiera estado esperando un golpe.

A él se le encogió de nuevo el corazón. ¿Qué pensaba? ¿Que era como Rémy? Con la respiración pesada, se apartó de ella y se dirigió a la puerta.

–*D'accord*. Quieres irte. *Très bon*. Haz lo que prefieras. ¿A qué hora es el vuelo?

–A mediodía. Tengo que estar en el aeropuerto a las diez y media.

–Te recogeré aquí una hora antes.

–Mira, no es necesario. Puedo ir en taxi.

–Shari, claro que voy a llevarte –repuso él, ofendido, tratando de comprender el por qué de su rechazo. ¿No se suponía que las mujeres querían que los hombres las apoyaran en esa clase de situaciones?–. No me parece bien dejarte aquí sola ahora.

Empujándole hacia la puerta, ella esbozó una débil sonrisa y, en su mirada, Luc adivinó que no iba a poder convencerla.

–Buenas noches –le despidió ella con determinación.

Shari se sintió mucho mejor después de tomarse un té con tostadas para desayunar.

Cuando hubo hecho la maleta, avisó para que se

90

la bajaran y esperó en la cafetería, desde donde podía ver la calle. Era aún demasiado temprano para que llegara Luc.

Desde donde estaba sentada, podía ver al camarero del Café Palais Royale preparando las sillas bajo su toldo rojo, mientras el encargado de la tienda de al lado barría su porción de calle.

A pesar de la tensión que la invadía, fue capaz de disfrutar de la escena. Era una pena que no tuviera más tiempo para contemplar la belleza de París.

Neil le había enviado un correo electrónico para avisarle de que los gemelos habían nacido bien. En su estado, Shari se había sentido en extremo emocionada al ver las primeras fotos. Pensó que, si todo salía bien, le ayudaría tener a su hermano y a Emilie cerca para que la aconsejaran sobre la crianza. No iba a estar sola por completo.

En un par de ocasiones, tuvo el cobarde impulso de salir corriendo a la calle, parar uno de los muchos taxis que pasaban por allí y escapar. No sería justo, lo sabía, pero le ahorraría sufrimiento. Después de la noche anterior, intuía que a Luc no le hacía demasiada gracia perder el control sobre ella.

Sin embargo, quizá él hubiera tenido tiempo para pensar y aceptara su huida como la solución más fácil para ambos. Tomara ella la decisión que tomara, él podría seguir con su vida en París como si nada.

Justo cuando estaba sopesando la mejor manera para explicárselo, él entró, una hora y media antes

91

de la hora convenida. En cuanto vio su rostro, Shari supo que no iba a ser una separación fácil.

Luc la miró en silencio un momento y se inclinó para darle un suave beso en los labios.

No se había afeitado y las arrugas que tenía alrededor de los ojos y la boca delataban falta de sueño.

–¿Puedo sentarme?

–Claro –repuso ella.

Luc llamó al camarero y le pidió un café. A continuación, se giró hacia ella. La observó con atención.

–Shari…

Ella se preparó para escuchar lo peor, con el corazón latiéndole como loco.

–No puedo dejar que te vayas así.

–Pero…

Cuando Luc le tomó las manos, una corriente eléctrica la recorrió.

–Ahora que he tenido tiempo de pensar, entiendo por qué quieres huir. Creo que no te he escuchado lo suficiente. De alguna manera, no he sabido entender lo que querías. ¿Me equivoco?

–Bueno… parecías… muy seguro sobre cómo actuar.

–No estoy seguro de nada –repuso él con gesto de rendición total.

–Pero ayer querías que abortara cuanto antes.

Luc se sonrojó.

–Ayer… De acuerdo, lo admito. Creí que había que hacer algo rápido. Intenta entenderme. Mi primera reacción fue pensar que esto era para ti un

92

contratiempo terrible. Eres una mujer libre y hermosa, ¿cómo iba a hacerte tener un hijo mío? Quería ahorrarte toda la ansiedad posible.

Sonaba tan sincero, que ella lo creyó.

–Entiendo –dijo Shari y se recostó en la silla, mirándolo.

–Yo que pensé que estabas aterrorizado. Bueno, eso sería algo normal. Tu peor pesadilla hecha realidad. Yo… soy una extraña en realidad y, al mismo tiempo, tengo una embarazosa conexión con tu familia y…

–*Mais non.* ¿Qué importa eso? Lo que no puedo negarte es que me siento… responsable.

–Lo sé. Eso lo sé.

Aunque, si era sincera, Shari no le había dado muchas vueltas a lo que él pudiera sentir. Había dado por hecho que Luc había tomado la decisión de deshacerse del problema lo antes posible. No se le había ocurrido que pudiera sentirse culpable por haber cambiado su vida de forma irrevocable.

A menos que fuera el mejor actor del mundo, Luc parecía preocupado. Los ojos le brillaban de confusión y vulnerabilidad. Ella le dio la mano.

–Mira, esto no ha sido solo culpa tuya, ¿de acuerdo? Yo también estaba ahí. En todo momento. Quería estar contigo aquella noche. Quería… sentirte.

–Y yo a ti –repuso él incendiándose de deseo.

Su mirada era tan sexual en ese momento que Shari temió que se levantara en ese mismo instante y la tomara encima de la mesa de la cafetería. Y ella no se opondría.

93

–Y fui yo quien sacó el preservativo defectuoso.

–No me lo recuerdes.

El camarero dejó el café en la mesa y Luc le pagó.

–Bueno, creo que debemos decirnos la verdad –indicó él, enderezándose y mirándola a los ojos con gesto serio–. ¿Qué piensas tú en realidad?

El momento de la verdad, pensó ella.

Había algunos detalles que no creía oportuno compartir con un hombre cuyo primer impulso había sido deshacerse del bebé. Un corazón incipiente y unos pequeños ojitos no iban a emocionar a un experto inversor de Bolsa como él.

–Bueno… esto… como tú, al principio, me entró tanto pánico que solo podía pensar en maneras de escapar. Pero ahora… –balbució ella al fin, esforzándose por mantener un gesto inexpresivo. Con Rémy, había aprendido que delatar sus sentimientos más hondos era un error–. Cuanto más lo pienso… más me doy cuenta de que no estoy preparada para hacer nada… irrevocable. Hay tiempo para decidir. Creo que unas semanas más.

Él asintió espacio.

–Oui. A mí también me gustaría tener unas semanas más.

–¿De veras? –preguntó ella, sorprendida. ¿Por qué?, se preguntó, tratando de adivinarlo en sus ojos–. Es una decisión importante.

–Muy importante. Tanto, que deberíamos tomarla juntos. ¿De acuerdo?

Una señal de alarma sonó dentro de ella. Estar

juntos era muy buena idea, siempre y cuando quisieran los dos lo mismo. Pero, si no era así…

Luc la contempló en silencio, esperando una respuesta.

–Bueno… –comenzó a decir ella y le dio un trago a su taza con mano temblorosa–. Es verdad que tenemos que saber lo que piensa el otro.

Él bajó la vista a su café y, cuando volvió a levantarla, habló despacio, como midiendo las palabras.

–Espero que estés de acuerdo en quedarte en Francia mientras lo decidimos.

–¿Aquí? –preguntó ella, y miró a su alrededor de forma involuntaria–. Oh, no, no. Lo siento. No podría. Prefiero estar en casa y no enfrentarme a esto en un hotel, en una tierra extraña.

–No me has entendido –repuso él con color en las mejillas–. Aquí, no, *chérie*. En mi casa, conmigo.

–Ah.

En su casa, nada menos.

Shari sintió un atisbo de esperanza.

Sin embargo, no quiso dejarse engatusar por sus ilusiones. El riesgo era demasiado grande. No eran solo sus sueños los que podían terminar aplastados.

–Y no tendrás que enfrentarte a ello sola –añadió él con gesto firme–. Me tendrás a mí.

–Claro –repuso ella con una sonrisa aunque, por dentro, su instinto le gritaba que se anduviera con pies de plomo–. Te agradezco mucho la oferta, de verdad, pero prefiero estar a solas, ¿entiendes? –señaló, sin poder evitar que le temblaran un poco los labios–. Ya te dije que había aprendido la lección.

95

Yo no estoy hecha para la vida doméstica ni para estar en pareja.

Tal vez, Luc tenía la falsa noción de que él tenía el mismo derecho que ella a decidir, pensó Shari. Pero no era el cuerpo de él quien estaba incubando un nuevo ser.

–De cualquier manera, no he traído bastante ropa para quedarme mucho tiempo y... tengo que entregar un libro dentro de poco –continuó ella–. Necesito trabajar. De verdad.

–Puedes trabajar en mi casa –indicó él, tendiéndole las manos con una sonrisa–. ¿Por qué tú no? Y no te preocupes por la ropa. Yo me ocuparé de eso. Se me da bien elegir la ropa.

Eso no decía mucho en su favor. Rémy también había sido experto en elegirle las ropas y en criticarla cuando creía que ella no iba bien vestida.

–No me mires con tanta desconfianza –dijo él y le tomó la mano, mirándola con expresión grave–. Shari... por favor, tienes que entenderlo. Yo no soy Rémy. Escúchame. Te prometo... por mi honor que nunca haré nada para causarte daño –añadió con un irresistible brillo en la mirada.

Con el corazón tembloroso, Shari dijo:

–Bueno, qué alivio –comentó ella y se humedeció los labios–. Eres muy... amable.

Mirándose el reloj, Shari comprobó que todavía tenían mucho tiempo, aunque prefería ir al aeropuerto cuanto antes.

–Mira, Luc, no quiero ser grosera, pero... –comenzó a decir ella, y recogió la chaqueta de la silla.

Él se inclinó hacia delante, capturándola con su intensa mirada.

–No me estás escuchando, Shari. Te ruego que te quedes. Quiero apoyarte.

–Oh, cielos –dijo ella con el corazón acelerado, sin querer hacerse ilusiones–. ¿Por qué ibas a querer hacer eso? Yo puedo cuidarme sola. Y tengo a Neil. Te he dicho que… no estoy hecha para estar en pareja.

–Tú sabes por qué –afirmó él–. Me gustas. No quiero que desaparezcas en la otra punta del mundo.

Cielos, se dijo ella. Estaba tan guapo y la miraba con tanta intensidad…

Como una tonta, se bebió sus palabras como si fueran miel pura. Tenía que admitir que la emocionaba que le dijera esas cosas. En menos de un segundo, comenzó a soñar despierta con cenas a la luz de las velas, conversaciones románticas delante de la chimenea, paseos de la mano por las orillas del Sena, noches interminables de amor y pasión…

–Pero… tienes que entender que… necesito estar segura. No puedo arriesgarme… –balbució ella, intentando no fijar la vista en los seductores labios de su interlocutor. Por si fuera poco, las lágrimas eligieron ese momento para asomar a sus ojos–. Debes entender que no quiero que me presiones para hacer nada.

–Lo entiendo muy bien –aseguró él. Le tomó la mano y, después de besársela, se la llevó al corazón–. ¿Sientes mi corazón? Te prometo que no te presionaré para que hagas nada que no sea de tu gusto.

Shari sintió la fuerza de su latido bajo su fuerte pecho. Antes de acabar haciendo algo escandaloso, apartó la mano como si le quemara.

La tentación de lanzarse a sus brazos y besarlo como una posesa era demasiado irresistible.

La verdad era que sería un tonta si se fuera en ese momento, pensó Shari. ¿Por qué cerrarse puertas? Si era cierto que él había cambiado de opinión, todos podían salir ganando si se quedaba, caviló. Quizá, Luc se enamoraría de ella. Tal vez, tendrían varios niños. Dos chicas y dos chicos. Todos irían a la Sorbona y serían filósofos, artistas y médicos.

–Lo entiendo. Bueno. Entonces... –comenzó a decir ella, tratando de sonar como una mujer que llevaba las riendas de su vida–. Igual puedo hacer una pequeña prueba. Solo una prueba. Nada de promesas. ¿Qué te parece... un fin de semana?

Después de todo, ¿qué podía Luc obligarle a hacer en un fin de semana?, se dijo a sí misma.

–Por lo menos, una semana –insistió él con ojos brillantes–. Me tomaré unas vacaciones y aprovecharemos la oportunidad para conocernos mejor –añadió con ojos sensuales.

Shari intuyó al momento a qué clase de conocimiento se refería él. Aunque sabía que no debía dejarse llevar por la pasión, sus susceptibles hormonas explotaron de emoción ante la perspectiva.

–Pero... tenemos que ser prácticos. ¿Estás seguro de que tienes bastante sitio?

Él echó la cabeza hacia atrás, riendo.

–No te preocupes. Habrá sitio para ti.

Era un buen comienzo, pensó ella.

Al llegar al coche, Luc la besó con fiereza y, poco a poco, el beso se volvió más tierno, más delicado, excitándola al máximo. Cuando sus labios se separaron, Shari tenía un incendio entre las piernas.

Si un beso tan modesto podía afectarle así, ¿no sería peligrosa su decisión de quedarse?

De camino a casa de Luc, Shari comenzó a arrepentirse. ¿Seguiría él siendo tan amable cuando la tuviera en su terreno?

Luc parecía tan encantado que ella no tuvo corazón para echarse atrás. Y, cuando entraron en su piso, en el ático de un antiguo edificio en el centro, con vistas de todo París, se quedó embelesada.

Parecía un sueño. No podía creerse que el dueño de todo aquello quisiera estar con ella.

Y, a pesar de que estaba en cinta, aquel hombre la deseaba. ¿Habría pensado él en el aspecto que tenían las mujeres embarazadas de varios meses? ¿Sería consciente de que enseguida iba a perder la esbeltez y la cintura?

Quizá, Luc no esperaba que siguiera embarazada, se dijo, presa del pánico de pronto.

–*Bienvenue* –la besó en la lujosa y sofisticada entrada–. Por favor… siéntete como en tu casa.

–Gracias –repuso ella, pensando que la decoración del Ritz no le llegaba a aquello ni a la suela de los zapatos.

Sin dejar de sonreír por haberse salido con la suya, Luc la observó con atención. Al ver que Shari se había quedado clavada en el sitio, entre la entrada y el salón, mirando a su alrededor, no supo qué hacer. De repente, ella le pareció más pequeña y vulnerable que antes, como si se hubiera encogido.

–¿Te sientes bien? ¿Quieres tomar algo? ¿Un café? –ofreció él y, al momento, se le ocurrió que, en su estado, igual no era apropiada la cafeína–. ¿Infusión?

–Ahora no, gracias.

Luc sintió la urgencia de tomar posesión de ella en la primera superficie disponible, pero tuvo la sensación de que no era buen momento. Además, primero tendría que consultar si habría algún riesgo.

–Te apetece… ¿deshacer la maleta?

Ella lo miró titubeante.

–Tu casa es muy bonita. Todas estas antigüedades, ¿son de la herencia familiar?

–De alguien, igual, sí. De la mía, no.

–Ah. Se parece un poco a la casa de tu madre. Pensé que ella podía haberte… dado algunas cosas cuando te mudaste aquí.

–Nada de eso –repuso él, mirando a su alrededor–. Mi exnovia era… diseñadora profesional. Ella eligió el estilo de la decoración.

Nom de Dieu. ¿Cómo era posible que hubiera sacado a colación a Manon en el primer minuto de la

100

llegada de Shari?, se preguntó Luc, entrando en pánico. ¿Cómo era posible que se comportara con la ineptitud de un adolescente cuando estaba con ella?

–Ven –indicó él a toda prisa, para cambiar de tema–. Te lo mostraré todo –se ofreció y le tomó la maleta.

Sintiéndose abatida, Shari lo siguió. Mirara donde mirara, podía ver el toque de Manon. Los sillones a juego frente a la chimenea, las sillas perfectamente colocadas en la mesa de la cocina, todos los tonos de amarillos, combinados a la perfección.

Quizá fuera su imaginación, pero la decoración producía un efecto de… intimidad. Como si dos seres enamorados compartieran ese lujoso refugio apartados del mundanal ruido.

Shari lo siguió a una habitación espaciosa, con paredes tapizadas de seda. Al entrar en el dormitorio principal, no pudo evitar sentirse como una intrusa. Posó la vista en el tresillo que había junto a la ventana con largas cortinas de seda color limón.

Mirara donde mirara, la cama de Luc y Manon la llamaba a gritos con su suntuoso cabecero y las lamparitas a juego a ambos lados.

Notando que Luc la observaba expectante, se giró hacia él, preguntándose si él se daría cuenta de lo fuera de lugar que se sentía en el dormitorio que había compartido con su ex. Frente a la cama, bajo una chimenea, colgaba el erótico cuadro de dos amantes abrazos.

Siguiendo su mirada, Luc parpadeó, caminó

hasta él y lo descolgó. Lo dejó en el suelo, cara a la pared.

–Una mala elección –comentó él–. Nunca me gustó.

A continuación, la condujo por otras puertas que llevaban a un vestidor lleno de armarios y espejos, con una preciosa *chaise longue* y un baño un poco más allá.

–Este es el vestidor femenino…

Shari posó los ojos en una bonita coqueta, con un delicado espejo y una silla a juego tapizada de seda rosa y amarilla. Junto al espejo, unas botellas de perfume brillaban en una balda, al lado de un delicado peine de concha. Casi podía imaginarse a la sofisticada y elegante mujer que había sido su dueña.

Luc se adelantó y con un rápido movimiento, agarró todos aquellos objetos y los tiró a la basura.

–La criada debió haberse ocupado de esto. Lo siento mucho –se disculpó él, avergonzado. Acto seguido, abrió la puerta de un armario y, con una maldición, la cerró de nuevo, antes de que ella pudiera ver su contenido.

El aire se llenó de tensión. Shari no sabía qué decir.

–Es… muy bonito –comentó ella, señalando la exquisita habitación–. Mi maleta es lo único que desentona.

–Nada de eso –repuso él, cerrando los ojos–. Tu maleta es lo único real en esta ridícula fantasía. A Manon le gustaba sentirse como una cortesana del imperio napoleónico –comentó con una tensa sonrisa, dando un paso atrás. La miró en silencio un instante, pensativo–. Hay otro dormitorio que igual te gusta más hasta que preparemos este como es debido. Ven a verlo.

Entonces, la rodeó con el brazo y le dio un beso en la oreja, abrazándola contra su pecho e inspirando su aroma.

–Ah… me encanta cómo hueles, Shari… Relájate. No te pongas triste por estas tonterías.

Cuando volvió a besarla, ella se sintió atrapada por la vibración de su fuerte cuerpo, pero consiguió desasirse.

La habitación de invitados era muy acogedora y no tan opulenta. Aunque no tenía vestidor, el armario era más que suficiente para guardar sus pertenencias. Además, tenía una cómoda y un pequeño baño.

–Este me gusta –dijo ella, sonriendo–. Creo que no me sentiría bien en la piel de una cortesana.

Sonrojado, Luc la tomó de los hombros.

–Shari. Por favor, acepta mis disculpas. Debería haberlo pensado antes. No suelo pasarme nunca por aquí, así que no sabía cómo estaban las habitaciones. No sé por qué no pensé en cambiar las cosas. Ha sido culpa mía.

–No pasa nada, de verdad. Comprendo que no supieras que yo iba a venir. No te preocupes.

–Creo que esta cama es suave. Estarás cómoda. ¿Quieres deshacer la maleta? –preguntó él, mirándolas a ella y a la cama con ojos hambrientos.

–Me apetece dar un paseo –repuso ella. Necesitaba un poco de aire fresco. Y tener tiempo para pensar–. Quiero estirar las piernas.

–D´accord.

Fue un alivio salir a tomar el aire. Shari notó que Luc también parecía más relajado. La conversación era más fácil sin la fantasmal presencia de su ex. Y había mucho que ver en la calle. Ella trató de distraerse con ello, en vez de pensar en el comportamiento de él.

¿Era posible que un hombre dejara la casa intacta con las pertenencias de su ex solo porque se había olvidado de retirarlas? ¿O sería porque no podía soportar separarse de ellas?

No debía darle tanta importancia, se dijo. Era agradable pasear con un hombre tan guapo que le daba la mano de vez en cuando y la trataba como si fuera un jarrón de porcelana a punto de romperse.

Por los comentarios que él hacía, era como si esperara que ella se quedara más de una semana, caviló ella, mordiéndose el labio.

¿Qué importaba si seguía enamorado de Manon? ¿Acaso necesitaba ser amada por el padre de su hijo?

En cualquier caso, no tenía nada por lo que angustiarse. La elegante exocupante de la casa ya no estaba allí.

Sonriendo, Shari le apretó el brazo a Luc por encima del jersey de cachemira.

Después de recorrer varias manzanas, llegaron a la *rue* Montorgueil, que era un mercado lleno de cafés, pastelerías y tiendas de alimentación y vinos.

Encantada, Shari se olvidó de todos sus problemas y se dedicó a disfrutar de todo como una turista. La calle parecía salida de un cuadro de Monet.

–¿Sabes cocinar? –preguntó él, deteniéndose delante de una tienda de quesos.

–Comida francesa, no. ¿Y tú?

Él rio ante su rápida respuesta.

–No tengo que hacerlo. Tengo cientos de restaurantes cerca. Pero, por ti, puedo intentarlo.

Luc compró diferentes variedades de queso, embutido, una crujiente barra de pan, fruta y verduras para una ensalada. Luego, sugirió ir a comer y la condujo a la terraza de un café, que estaba adornada con geranios rojos.

Después de pedir la comida, Shari escuchó cómo su acompañante le pedía consejo al camarero. Luego, cuando se hubieron quedado a solas de nuevo, él se excusó y sacó el móvil.

–¿Te necesitan en el trabajo?

–Nada de eso. Estoy consultando algo.

–¿Era… era Manon buena cocinera? –preguntó ella tras una pausa.

–No sabía ni freír un huevo –contestó él, sin quitar los ojos de la pantalla de su móvil.

–¿Salíais a cenar todas las noches?

Luc frunció el ceño.

–Casi todas. Aunque nuestros compromisos de trabajo a veces nos impedían salir juntos.

105

–¿Y cuándo teníais tiempo para hablar?

–No había nada de lo que hablar –respondió él con tono seco.

Shari lo observó de reojo, sin poder descifrar su expresión.

–Entiendo que quisieras tener un perro grande en tu espaciosa casa –comentó ella, y le dio un trago a su vaso de agua.

Entonces, él levantó la cabeza con mirada heladora.

–¿Te has dado cuenta de que llevamos dos días enteros sin lluvia?

–Lo siento –se disculpó ella, encogiéndose–. Soy demasiado entrometida, ¿verdad?

–Prefiero hablar de otras cosas –replicó él y tomó el teléfono de nuevo para ver un mensaje de texto que acababa de llegarle.

El camarero llegó con los platos. Shari se sentía un poco conmocionada. No había sido su intención sacar un tema delicado.

Shari bajó la vista a su plato, sin saber qué decir. Aunque Luc seguía siendo cortés, su expresión se había vuelto más fría. Ella comprendía que había sido culpa suya. Se había pasado de la raya y él la estaba respondiendo marcando las distancias.

De pronto, se sintió como si estuviera a la deriva. El mismo hombre que le había rogado que se quedara y la había besado en el coche se había convertido en un extraño. Ella nunca había sabido cómo lidiar con el enfado de los demás. Si él no le sonreía pronto, no sabría qué hacer.

–Mira, yo… siento haberme entrometido. Sé que una persona puede necesitar mucho tiempo para olvidar.

Luc la miró con ojos brillantes.

–Eso depende de lo que se quiera olvidar.

–Claro, claro. Lo siento. Yo no sé nada de ti.

¿Qué estaba haciendo allí? ¿Cómo podía si quiera pensar en estar una semana entera? ¿Qué sabía de él? Era un hombre acostumbrado a cenar con los gobernantes y asistir a estrenos. Estaba enamorado de una hermosa mujer con la que ella no podía competir.

Mirando a su alrededor, presa del pánico, Shari comprendió que nunca conseguiría encajar allí, ni en casa de Luc, ni en su vida.

–¿Estás perdiendo los nervios?

Shari levantó la mirada. ¿Tan transparente era?

–Es cuestión de confianza, *chérie.* Y de valor. Los dos corremos el mismo riesgo.

–No. Tú estás seguro en tu país, tu cultura, mientras yo…

–¿Crees que no lo he pensado? ¿Pero qué sé de ti? Apenas nos conocemos y estás embarazada, me amenazas con huir con él, para abortar sin mi consentimiento o para tenerlo sin mí.

Sus palabras se le clavaron a Shari como cuchillos. Sus esperanzas, por muy débiles que hubieran sido, se tambalearon.

–Sí. Eso es.

Entonces, ella se levantó y salió. Una vez en la calle, corrió.

107

Capítulo Cinco

Para estar embarazada, Shari era muy rápida corriendo.

Luc nunca había conocido a ninguna mujer tan difícil de capturar. Era absurdo lo difícil que le estaba resultando conquistarla.

Entonces, de pronto, al recordar la última vez que le había pasado lo mismo, se quedó paralizado. No era la primera mujer que lo abandonaba cuando intentaba atarla a él.

Aunque aquello no era lo mismo.

Buscando entre la multitud y el tráfico, Luc se maldijo a sí mismo por lo mal que habían salido las cosas. Había sabido que Shari tenía un estado de ánimo muy volátil. Era normal, en su situación. Lo que no había previsto había sido cómo iba a estar su piso. Esa no era manera de invitar a una mujer a casa.

¿Pero por qué no entendían las mujeres que si obligaban a un hombre a perseguirlas eso solo lo excitaba más? Cuando más corría tras ella, su sangre más se incendiaba con un único objetivo.

Por si no hubiera metido la pata lo bastante todavía, sentía la necesidad primitiva de tomarla cuanto antes. Allí mismo, en la calle. O, al menos, llevarla a su cama y poseerla hasta que ella se rindiera entre gritos de éxtasis.

Al mismo tiempo, sentía el contradictorio impulso de tratarla como si fuera de fina porcelana. Esa mujer lo tenía hecho un lío.

El corazón le latía a cien por hora cuando, al fin, la alcanzó. Al ver cómo la mirada de ella se endurecía al verlo, se encogió. Quiso agarrarla y besarla, deslizar la lengua en su boca hasta que le temblaran las rodillas. Pero, conteniéndose, se limitó a tocarle el brazo.

–Shari. Por favor. Cálmate.

Ella dejó de correr para caminar deprisa, sin querer parar.

–¿Qué estás haciendo? ¿Adónde vas? –preguntó él con voz tensa, sin aliento–. ¿Por qué corres?

–Voy a regresar…

–¿Por qué? De acuerdo, soy un bastardo, Shari, pero yo…

Con tanto estrés, Luc apenas podía escuchar lo que ella decía y no se dio cuenta de que estaba regresando a su piso.

–… a por mis cosas.

–¿Pero por qué? –inquirió él. Entonces, en medio de la confusión, unos gritos que hacía tiempo que había estado oyendo sin escucharlos, al fin, captaron su atención. Al girarse, reconoció a Louis, el camarero del café, corriendo tras él con las bolsas de las compras.

Aunque Luc no tenía ganas de sonreír, reconoció que la escena era bastante cómica. El hombre

109

tenía la cara roja y jadeaba de tanto correr. Él se detuvo y, con alivio, comprobó que Shari se paraba también, mirando con una sonrisa cortés mientras él le daba a Louis las gracias y algunos euros de propina.

Con las emociones bajo control, siguieron caminando, mientras Luc se estrujaba los sesos buscando algo que decir para arreglar las cosas.

–Quizá tenga que explicarme –dijo él con toda la calma de que fue capaz–. No pretendía que lo que dije en el café sonara como sonó. No quería que pensaras que no confío en ti.

–¿No? –repuso ella, lanzándole una mirada de asco.

–*Chérie*. Hablé sin pensar, me salió del corazón.

–Eso es.

–Pero no me malinterpretes. Intentaba demostrarte por qué tenemos que confiar el uno en el otro. Estamos en el mismo barco tú y yo.

–¿Eso crees? –replicó ella con una risa burlona–. Dudo que a ti te gustaran las vistas desde mi canoa, *monsieur*.

Cualquiera que la escuchara pensaría que Luc era una bestia insensible, sin un ápice de humanidad. Pero, como estaban llegando a su casa, él decidió rendirse y dejar de defenderse.

–*Mademoiselle* –dijo él–. Casi hemos llegado. No discutamos delante de la portera.

Ella le lanzó una mirada heladora.

Luc no sabía si era tan difícil porque era una mujer o porque era australiana. ¿O sería solo porque estaba embarazada? Por supuesto, tenía que recordar que estaba acostumbrada a salir con un psicópata violento.

Shari tenía que aprender que en el mundo habían tipos que podían comportarse de forma civilizada, aunque metieran la pata de vez en cuando.

Luc se giró para saludar a la portera.

–*Madame, comment ca va?*

Con más atención de lo habitual, Luc escuchó las últimas noticias sobre el nieto de la portera, su nuera y un primo artrítico que tenía en Nantes. Entonces, le dio instrucciones para enviar por correo las cajas que había ordenado a la criada que le entregada. También le dio dinero suficiente para cubrir el envío y una generosa propina.

Después de aquella amistosa conversación, el camino de subida al piso fue hostil, como si una palabra en falso fuera a desencadenar una explosión. Ambos se colocaron en extremos opuestos del ascensor, sin tocarse.

Shari estaba rígida, resistiéndose a la corriente de electricidad sexual que bullía en el pequeño espacio.

Cada vez que sentía la mirada furiosa y excitada de él, ardía de indignación. Mientras estaba casi segura de que no iba a golpearla con los puños, intuía que tenía otros planes en la cabeza.

¿Acaso los hombres eran capaces de pensar en otra cosa aparte del sexo?

Sin embargo, ella tenía más que claro lo que iba a hacer.

–¿Me prestas tu portátil un momento? –pidió ella cuando hubieron llegado, mientras él guardaba las compras en la nevera.

–Claro –repuso él, cerró la nevera, la condujo hasta su despacho y encendió el ordenador. Se inclinó para teclear su contraseña–. Si quieres enviar un correo electrónico...

–Voy a adelantar mi vuelo.

El atractivo rostro de él se puso tenso.

–Entiendo. En ese caso...

Luc dio un paso atrás, indicándole con una seña que se sentara.

Ella se sentó y entró en la página de la compañía aérea. Podía sentir la mano de él en el respaldo de la silla, sus dedos rozándole el pelo.

–¿Es que vas a observarme por encima del hombro?

–No estoy observándote. Me quedo aquí para darte apoyo moral.

–Un poco tarde –murmuró ella.

Lamentando lo que acababa de decir, Shari levantó la vista y vio al hombre que tenía detrás reflejado en un espejo del pasillo.

Él estaba apoyado en un archivador, con los brazos cruzados y el ceño fruncido. Cada gesto de su cuerpo delataba su enfado. ¿Pero por qué estaba tan furioso? Era ella quien tenía problemas.

Teniendo en cuenta que Luc no quería que lo cargaran con el hijo de otro hombre, no entendía por qué le costaba tanto dejarla marchar. Debía de ser cuestión de machismo. El hombre de las cavernas quería tener a la mujer bajo control, al margen de quién fuera el padre de su bebé.

Shari revisó las horas de los vuelos y la disponibilidad.

Por desgracia, todos los que había ese día estaban llenos. Notando la intensa mirada de Luc en la pantalla, intentó buscar los del día siguiente, con el mismo resultado. Con incredulidad, probó con los del día después y el siguiente.

Nada. Con desesperación, se dio cuenta de que, a menos que quisiera sacrificar el billete que Neil le había comprado y probar con otra aerolínea, estaría atrapada allí durante toda una semana.

Incluso buscó en otras compañías, aunque no tenía la intención de perder el billete que ya tenía. Para colmo de mala suerte, la página web que estaba mirando se quedó colgada.

Resistiéndose al imperioso deseo de romper a llorar, se puso de pie de golpe y se giró hacia la puerta.

–Esto es una pérdida de tiempo. Iré a un hotel.

–¿Por qué? ¿Porque le he puesto palabras a nuestra situación? Escucha –pidió él y le agarró la mano para que lo mirara–. No soy perfecto, Shari, pero intento hacer lo correcto. Diablos, vivimos en polos opuestos del planeta. Tú eres una mujer, yo soy un idiota. Te ofenderé muchas veces y tú a mí, pero... Hablar contigo es como caminar entre minas.

Shari solo tenía ganas de rendirse a sus ganas de llorar, sin embargo, consiguió resistirse.

–En caso de que no te hayas dado cuenta, hay algunas cosas que molestan a cualquier mujer –señaló ella, tensa, con voz temblorosa.

–Eso he oído. Y yo soy culpable de todas ellas –reconoció él, levantando las manos en gesto de rendición.

–No –repuso ella, intentando con desesperación mantener la serenidad–. Igual tienes razón. He estado un poco tensa hoy. Es posible que haya sido injusta, pero al menos trata de comprender mi situación. Hay alguien… creciendo en mi interior –señaló y se llevó las manos al vientre–. Es difícil ser encantadora y elegante cuando unos pequeños ojos y unas orejitas están creciendo dentro de ti. ¿Cómo crees que actuarías tú?

–Creo que puedo comprenderlo. He visto *Alien*, la película. Pero no creo que las orejas empiecen a desarrollarse hasta dentro de un par de semanas, ¿no?

–¿Qué? –preguntó ella, ignorando el sarcasmo, mirándolo con atención–. ¿Dónde has leído eso?

Entonces, de pronto, la expresión de él se relajó. Ya no parecían tan enfadado. Dejo de apretar los labios y se encogió de hombros con elegancia.

–Anoche, cuando estaba trabajando… por puro accidente, me topé con una página web sobre los estadios prenatales. Parece que el desarrollo de los sentidos es un proceso largo y complejo –explicó, mientras ella lo miraba con ojos como platos–. De hecho, aunque podrá empezar a oír cosas pronto, los canales auditivos no estarán maduros del todo

114

hasta que nazca, a los dieciocho meses o así. El cerebro del bebé es muy delicado.

–Ah –dijo ella, boquiabierta.

–Así que tendremos que tener cuidado –continuó él, posándole la mano en el abdomen con suavidad.

Mientras miraba esa mano fuerte y bronceada sobre su cuerpo, Shari sintió que las venas se le convertían en lava. Todo su cuerpo subía de temperatura de golpe.

Y no solo eso. Su destrozado corazón también quería abrirse a él.

–Bueno… no tenía ni idea de que tú… Estoy sorprendida –comentó ella–. No esperaba que tú… tuvieras interés en esas cosas.

–Me interesan, sí.

–Pensé que estabas horrorizado por la situación.

–Tengo treinta y seis años, Shari. Un niño inesperado sería… un precioso regalo.

Oh, cielos, pensó ella con el corazón a galope tendido.

–Mira, yo lo siento todo mucho… –comenzó a decir ella, y se interrumpió con ojos empañados–. Sé que he estado un poco intratable. Y demasiado sensible.

–No –negó él con voz ronca, deslizándole las manos por los brazos hasta los hombros–. Yo me he comportado como un imbécil. Es normal que te sientas extraña y yo… Tú eres un ángel. Eres perfecta. Tan hermosa y femenina que quiero…

Luc no tuvo oportunidad de decir lo que quería,

porque empezó a besarle el rostro, los ojos y el cuello.

–No quiero que nos enfademos, *chérie* –susurró él, seguido de una retahíla de dulces palabras en francés… al mismo tiempo que le deslizaba las manos bajo la blusa y le desabrochaba el sujetador.

Cuando sus labios se encontraron, Shari se alegró de no haber regresado a Australia con el rabo entre las piernas. Una hombre capaz de besar así merecía una oportunidad. Él le deslizaba la lengua en su boca, prendiéndola fuego, mientras le acariciaba los pezones con suavidad.

Ella no intentó resistirse. Poseída por el deseo, le levantó el jersey negro que llevaba para explorar mejor su musculoso pecho.

El calor de la piel de él le quemó las palmas de las manos y, al lamerle los pezones con la punta de la lengua, notó la respuesta instantánea de su erección.

Luc le detuvo las manos curiosas, que ansiaban tocarlo, pero siguió besándola y le metió las manos en los pantalones. Al sentir la primera caricia de sus dedos sobre la ropa interior, Shari se humedeció al instante, ansiando la penetrara.

Ella se agarró a él, rodeándolo con las piernas, dejándose llevar. Sin saber cómo, consiguieron quitarse el resto de las ropas sin separarse del todo.

Cuando Luc la tumbó en la cama, Shari se rindió, abriéndose a su magnífico miembro, caliente, duro y viril, que acariciaba la entrada de su sexo de una forma deliciosa.

116

Extasiada, ella contuvo el aliento.

–¿Estás segura de que podemos? ¿No le hará daño? ¿Y si soy demasiado grande?

–Nunca es demasiado grande, *monsieur* –repuso ella, conteniendo la risa–. No se te ocurra dar marcha atrás ahora.

Con ojos brillantes, él la penetró sin pensarlo más. La fantástica fricción cargada de pasión hizo que Shari explotara en un increíble orgasmo apenas empezar.

Fue una larga tarde. Después de un rato, ella hizo que Luc se tumbara boca arriba.

–Querido amante, intentaré no ser muy brusca –susurró ella con una sonrisa provocadora.

Entonces, se subió encima y lo montó con sinuosos movimientos hasta que los ojos de él se desenfocaron y el mundo desapareció a su alrededor.

En el calor del momento, Shari no había prestado atención al dormitorio al cual había sido transportada. Pero, tiempo después, abrió los ojos como platos al darse cuenta.

La habitación seguía pintada de amarillo, pero el espacio vacío sobre la chimenea estaba ocupado por un exquisito cuadro rococó de unos caballeros con unas damas, descansando tumbados bajo unos árboles.

Shari lo contempló largo rato. Estaba segura de que lo había visto antes en algún sitio.

Cuando fue al baño y pasó por el vestidor, des-

117

cubrió que toda evidencia de la anterior ocupante había desaparecido. Su perfume era el que estaba sobre la coqueta y sus ropas, por muy mundanas que fueran, ocupaban aquel sofisticado armario. Su champú descansaba en la bañera como si siempre hubiera estado ahí.

Al regresar a los brazos de Luc, se acurrucó contra su pecho.

–Me encanta ese cuadro –comentó él, acariciándole el pelo.

–Mmm –murmuró ella–. Y a mí –añadió, mientras jugaba con el vello del pecho de su amante–. Ya que tienes una criada que cumple todos tus deseos, estoy pensando en quedarme toda la semana.

Él suspiró.

–¿Y si contrato a un cocinero? ¿Te quedarías más tiempo? –preguntó él y, al no tener respuesta, la miró–. Sé mi amante…

Bueno. Eso sonaba como una especie de compromiso, casi como una relación, caviló ella, debatiéndose entre la alegría y las dudas.

–¿Sabes que me voy a poner enorme?

–Todos los hombres de París me envidiarán.

Ella arrugó la nariz.

–¿Estás seguro? Espera a que se lo cuente a Neil –comentó ella–. Oye, ¿esto no será porque tengas algún tipo de fantasía sexual con las embarazadas?

Él rio de buena gana y le acarició el pelo.

–Es porque eres tú. Hermosa y única.

Entonces, la besó con tanto ardor y pasión que ella lo creyó.

Y supo que estaba enamorada. De pronto, París le pareció el paraíso. El sol salió, los árboles vibraban de color y las flores relucían en los jardines. Pasearon por las orillas del Sena, hablaron de todo y nada, se rieron juntos y se sentaron en los muchos cafés del centro. También visitaron Notre Dame y ella quedó fascinada.

Shari le forzó a llevarla a todos los sitios turísticos y él la complació sin discutir. La invitó a comer en el último piso de la Torre Eiffel, la acompañó mientras ella hacía fotos y más fotos en todas las galerías de arte y la llevó a cenar a restaurantes donde los camareros bajaban empinadas escaleras con bandejas humeantes en una sola mano.

Era demasiado pronto para compartir la noticia con el mundo, así que Shari decidió ser reservada incluso con Emilie y Neil cuando les envió un correo electrónico.

He decidido quedarme una semana o dos más. Luc ha venido a mi rescate y me está dejando quedarme en su casa.

Esperaba que su hermano y su cuñada no sospecharan nada de su relación con Luc, aunque lo más probable era que estuvieran demasiado ocupados atendiendo a los gemelos recién nacidos como para pensar en nada más.

Incluyó en el correo electrónico algunas fotos de Disneyland, otras de Montmartre y una de Luc riendo mientras se empapaba bajo la lluvia.

119

Cuando su limitado vestuario comenzó a ser insuficiente, Luc la llevó a una boutique en *rue* Cambon, cerca del Ritz, y a otras en *rue du* Faubourg St. Honoré. Ella se probó docenas de conjuntos y él la aconsejó que se los comprara casi todos, pero solo eligió una bonito vestido verde pálido para el día y dos para salir de noche, uno sencillo y negro, el otro de color plata.

Shari nunca habría podido pagarlos sola, sin embargo, se apuntó los precios con la intención de devolverle el dinero cuando comenzara a recibir dinero por sus libros. También le permitió que le regalara un collar de perlas y pendientes a juego.

Ella insistió en pagarse los zapatos y, como el tiempo estaba mejorando, se fue a las galerías Lafayette para comprar algo de ropa informal. No podía imaginarse lo grande que estaría dentro de unos meses, pues todavía le quedaba toda la primavera y parte del verano para dar a luz.

En su tercera semana en París, pidieron hora para visitar a un obstetra. A Luc le habían recomendado una clínica privada, cuya reputación era la mejor de París y parte de Europa.

La consulta estaba muy cerca de la casa de Laraine. Y, como Luc le informó durante el desayuno en el gran día de su cita médica, su madre los había invitado a comer.

—¿Se lo has dicho? —preguntó Shari, nerviosa.

—Le he dicho solo que sigues en París —respondió él con tono tranquilizador.

Ella ya estaba lo bastante nerviosa por su visita al

médico, como para encima pensar en comer con la madre de él.

Intentando dejar sus ansiedades a un lado, preparó las preguntas que quería hacerle al ginecólogo. Luc parecía igual de ansioso y emocionado. Ella se derretía al ver el brillo de felicidad que tenía en la mirada.

Al fin, les tocó el turno y se pasaron una hora entera con la obstetra, que era una francesa muy agradable y eficiente.

Les hizo una lista interminable de preguntas respecto al historial familiar y a formularios administrativos que había que rellenar.

Uno de los puntos tenía que ver con la situación oficial de Shari en Francia.

–Mi visado me vale para un par de meses más –explicó Shari–. Por supuesto, luego haré que me lo extiendan –añadió, y miró a Luc–. ¿Crees que será difícil?

Pensativo, él se encogió de hombros.

–Lo conseguiremos de una forma o de otra.

A continuación, llegó el momento del examen médico. Luc no pareció disfrutar mucho, a pesar de que desde donde estaba no podía ver lo que le hacían, pero la miraba con expresión de dolor.

El rostro se le iluminó cuando la doctora se quitó los guantes y declaró que estaba sana y, por lo que podía verse, el bebé progresaba con normalidad.

El bebé. A Shari le dio un brinco el corazón.

Y aquello fue solo el principio. Luego, la doctora

les informó de los cambios que les esperaban, de las pruebas rutinarias y de las ecografías que la embarazada debería hacerse, así como de los requisitos de su alimentación.

–Le daremos cita para la ecografía de las doce semanas. Después, mediremos al bebé, comprobaremos que no tenga ciertas posible anormalidades, nos aseguraremos de que su corazón esté bien, etcétera. Si existe cualquier duda, puede que le pidamos que se haga una amniocentesis.

–He leído sobre ello –repuso Shari–. Te tienen que pinchar con una aguja en el vientre, ¿no?

La doctora explicó el procedimiento y su propósito con detalle.

–No se hace la prueba de forma rutinaria. Solo si hay algún riesgo específico y, por supuesto, ustedes pueden decidir si quieren hacerla o no –continuó la obstetra y les dio un panfleto donde se explicaba todo.

Luc parecía preocupado.

–Pero suena… ¿Será seguro?

–Toda intervención tiene su riesgo, señor –contestó la doctora y señaló una parte del panfleto–. Aquí habla de los peligros, pero son muy pequeños. Aquí tiene la tabla de estadísticas. Les recomiendo que lo lean todo con detenimiento.

Una vez en la calle, Shari se sentía flotar de felicidad. Mientras Luc parecía inmerso en sus pensamientos, ella no podía parar de hablar.

–Estoy empezando a sentirlo como algo real –comentó ella, abanicándose con los panfletos–. Estoy creando un nuevo ser. Estoy convirtiéndome en madre delante de tus ojos. Yo. ¿Quién lo habría pensado?

Luc la rodeó con su brazo.

–No es tan difícil de imaginar.

–¿Eso crees? ¿Te lo imaginas tú? ¿Y te ves a ti mismo como padre?

Él se encogió de hombros con ojos relucientes de alegría.

–Tal vez.

–Yo sí te imagino. Serás considerado, tenaz y muy estricto.

Luc sonrió.

–Yo… estaba pensando en la primera ecografía. Va a ser increíble.

–Lo sé –repuso ella–. Oiremos su corazoncito.

–Vamos. No quiero estar con nadie más. Vayamos donde podamos hablar –indicó él, tomándola de la mano.

Se dirigieron al café de la esquina, donde estaban tocando música jazz.

Los deliciosos aromas que la envolvieron le hicieron la boca agua. Aunque estaba hambrienta, no quería quedarse sin apetito para ir a comer con la madre de Luc. Por eso, se limitó a pedir una infusión y una tarta de manzana en miniatura. Luc pidió café.

Después de sentarse en una mesa desde donde se veía la calle, Shari extendió los panfletos y se concentró en leer uno de ellos.

Cuando llegó la tarta, la partió en dos y le ofre-

123

ció la mitad a Luc. Saboreó su trozo con placer y tuvo lástima de toda la gente que no podía estar allí como ella para probar algo tan exquisito.

–¿No vas a comerte eso? –inquirió ella, al ver que no tocaba su pedazo.

Sin levantar la vista de su lectura, Luc le acercó el plato.

–Gracias. Este está solo en francés –indicó ella, tras tomar otro panfleto–. Si voy a tener al bebé aquí, tendré que aprender el idioma.

–¿Si? –preguntó él, levantando la vista–. ¿Cómo que si?

–Bueno, es solo una forma de hablar –replicó ella, sobresaltada–. Tengo mis próximas citas pedidas en la clínica así que… supongo que tendré al bebé aquí –continuó con una sonrisa–. Si puedo arreglar lo del visado.

–¿Te sientes bien con… eso? –preguntó él tras un momento con expresión indescifrable.

–¿Te refieres a que si me siento bien contigo? –dijo ella con una sonrisa–. Sí. Bastante bien.

Luc prosiguió leyendo. Shari se dio cuenta de que cada vez fruncía más el ceño. ¿Sería por algo que ella hubiera dicho?

–¿Por qué estabas pensando en la amniocentesis? –quiso saber él tras unos minutos–. ¿Crees que puede haber algo mal?

–Oh, no –contestó ella y suspiró–. Ni siquiera quiero considerar esa posibilidad –añadió y, titubeando, soltó algo que había estado rumiando desde hacía tiempo–. Lo que pasa es que la prueba, además

124

de comprobar si el bebé es normal, también puede determinar su ADN.

–¿Y?

–Quizá deberíamos hacerlo. Para disipar cualquier duda que puedas tener.

–No tengo ninguna duda –señaló él con un brillo seductor en la mirada.

Al instante, a Shari se le aceleró el pulso y se esforzó en mantener la serenidad.

–Aun así, la cuestión ha surgido y yo… bueno, solo para quedarme tranquila… si me quedo aquí… me gustaría asegurarme de que no tengas razones para dudar de mí.

–No dudo de ti en absoluto –repuso él, tomándole la mano encima de la mesa con gesto serio.

–Eres muy amable, Luc, pero yo estoy pensando en lo que puede pasar cuando nazca. ¿Y si no se parece tanto a ti? ¿Y si tú no ves el parecido? Soy una persona muy afectiva. Por entonces, habré pasado casi un año contigo y puede que acabe sintiéndome bastante… apegada a ti. Si eso sucediera y dudaras de mí, no podría soportarlo. Lo pasaría muy mal.

Luc bajó la mirada, frunciendo el ceño.

–Si crees que te ayudará a estar más tranquila… de acuerdo –dijo él al fin.

¿De acuerdo? ¿Sin más?

Como una zombi, Shari se sirvió un poco de leche. Si un hombre aceptaba sin rechistar que se hiciera un test de paternidad a su hijo, lo más probable era que fuera lo mejor. Aunque dicho test pudiera poner en peligro la vida del bebé.

125

Capítulo Seis

–Estás muy callada –comentó él cuando estaban cruzando el Sena en dirección a la casa de Laraine–. ¿Te sientes bien?

–Sí. Me siento genial. Solo estaba pensando. Eso es todo.

Shari estaba pensando en que era una idiota. Había caído en su propia trampa. No quería que le hicieran esa espantosa prueba a menos que el médico la recomendara.

Le estaba bien empleado por proponerlo. Si un hombre no estaba enamorado, no podía hacerse nada para cambiarlo.

Al menos, Luc no la engañaba. Ella debería estar contenta de que no le jurara amor eterno cuando, en realidad, él no lo sentía.

Mareada, se dio cuenta de que, si no se hacía la prueba, Luc asumiría que sería por miedo del resultado.

–Puede que no sea buen momento para ir a comer después de una mañana tan agotadora –comentó él–. Pero, en un día normal, yo estaría en el trabajo. No estoy seguro de que estés preparada para visitar a mi madre sola. ¿Qué opinas?

Shari le lanzó una rápida mirada. ¿Visitar a su

madre sola? ¿Acaso había comido setas alucinógenas?

–Puede que tengas razón –fue todo lo que respondió ella, aunque por dentro su cabeza no dejaba de hacerse preguntas, nerviosa. ¿Era eso lo que le esperaba? ¿Quería Luc que hiciera visitas de forma regular a su madre? Por otra parte, su relación no estaba demasiado clara. Ella no era su prometida. Quizá, fuera una amiga sin más.

–¿Qué soy yo?

–¿Cómo?

–¿Cómo explico a tu familia mi relación contigo? Es difícil… saber qué lugar ocupo. ¿Soy una amiga de la familia?

–Claro que eres una amiga. Eres mi… –dijo él, también con problemas para encontrar la palabra exacta–. No te preocupes. Todo es más fácil de lo que parece.

Después de quedar en ridículo dos veces delante de su familia, Shari lo dudaba. Tendría que conseguir algo increíble, como salvar a Francia de una invasión o resucitar a Napoleón, para corregir la impresión que les había causado.

–¿Qué es lo que sabe tu madre exactamente? –inquirió ella.

–No sabe nada. O… –replicó él pero, arqueando las cejas, sonrió y añadió–: O puede que lo sepa todo. Es una madre.

Genial.

–Míralo de esta manera. Mientras estás en París, te viene bien conocer gente. Cuando yo esté en la oficina todo el día, necesitarás tener amigos con quien hablar. Algunas personas tienen muchas ganas de conocerte.

Shari rio. Aquel hombre era un primor. Al menos, se preocupaba por su soledad. Y parecía emocionado por el bebé.

Por suerte, su visita fue menos difícil de lo que había pensado. Los esfuerzos que había hecho el día anterior para dejar claro que no era la mujer de Rémy dieron sus frutos. No había ninguna urna con cenizas a la vista y todos los reunidos a comer la trataron con exquisito cuidado.

Shari intentó mostrarse normal, feliz. La verdad era que, tras su visita al médico, se sentía feliz en el fondo de su corazón. Luc y ella compartían el mismo entusiasmo por su secreto y eso le daba muchos ánimos.

–*Alors*, Shari, ¿cómo estás hoy? –le preguntaron, después del intercambio habitual de besos–. ¿Estás bien, *chérie*? ¿Estás comiendo lo suficiente?

Laraine también fue muy atenta con ella. ¿Cómo era posible que una mujer fuera tan encantadora, inteligente y discreta al mismo tiempo?

Al menos, Shari se sentía más segura de sí misma que la vez anterior con la ropa que llevaba. Se había puesto un vestido azul de flores, tacones y el pelo recogido para dejar ver unos pendientes de aguamarinas que le había regalado Luc para celebrar su primera visita al médico.

Entre los invitados, había una pareja nueva, Raoul y Lucette, que tenían un bebé sentado en una trona, intentando comer solo su comida. De vez en cuando, Raoul y su madre le ayudaban o le dedicaban palabras cariñosas.

Los ojos de Raoul estaba llenos de amor, observó Shari. Era obvio que aquel hombre amaba a su bebé. Y a su mujer.

La tía Marise llegó tarde y, después de besar a todo el mundo, se dirigió a Luc.

–Benditos los ojos, Luc, y has venido bien acompañado –comentó la mujer mayor y se giró hacia Shari con ojos amables–. Me alegro mucho de que estés aquí, *chérie*. ¿Cuándo regresas a Australia?

–Todavía, no. Me quedaré un tiempo –respondió Shari, un poco nerviosa al sentir que Luc clavaba los ojos en ella.

–¡Qué bien! ¿Pero dónde te quedas? ¿En un hotel?

–Shari se queda conmigo –señaló Luc y tomó el cucharón de servir–. ¿Un poco de tajín, *chérie*?

Todos los ojos se posaron en ellos. Después de un breve silencio de estupefacción, los presentes siguieron hablando de otras cosas, mientras digerían la nueva información con su tajín a la naranja.

Shari tuvo ganas de besarlo por un gesto tan bonito. Él había reconocido en público su relación. Aunque hubiera sido de forma discreta, era toda una revelación.

Laraine se tomó la noticia con naturalidad, como si solo hubiera confirmado lo que ya había sospechado. Siguió mirando a Shari con ojos amables y curiosos.

Era lógico que una madre se preocupara por quién iba a dar a luz a su nieto, pensó ella. De alguna manera, Laraine ya había adivinado su estado. Sin embargo, no sabía cuándo sería oportuno hablar con la futura abuela del tema de forma oficial.

Hasta que Luc no estuviera preparado para anunciar al mundo su paternidad, Shari no podía sentirse segura de verdad. Por otra parte, ¿cómo iba él a anunciarlo si no tenía claro que era el padre?

Cuando llegaron al postre, *mousse* de frambuesa, nadie había mencionado a Rémy ni una sola vez. Estaba claro que la familia estaba haciendo un esfuerzo.

Quizá, algún día Shari estaría lo bastante relajada como para no preocuparse por cada pequeño detalle. Sin embargo, después de que Luc y ella se hubieron despedido de todo el mundo, la pregunta que le habían hecho seguía resonando en su cabeza.

¿Cuándo volvería a casa? ¿Volvería alguna vez?

—No ha ido tan mal esta vez —comentó ella cuando estuvieron fuera de la casa.

—Al menos, no te has desmayado —señaló él, sonriendo—. Pronto todos te querrán.

¿Sería eso cierto?, se preguntó ella.

¿Y él, la querría también?

—Es extraño no saber seguro dónde voy a estar dentro de un año. O si veré a Neil en Navidad.

—Estarás aquí en Navidad —afirmó él con firme-

130

za–. Conmigo. Estarás a punto de dar a luz, si es que no estamos ya en el hospital.

–Eso, si podemos arreglar lo del visado.

–No te preocupes por eso. Mañana voy a quedar con alguien que puede echarnos una mano.

–¿Alguien del gobierno?

–Un amigo –contestó él con mirada enigmática–. Neil y tú debéis de estar muy unidos –observó tras una pausa.

–Sí. Él fue quien me crio.

Luc se quedó en silencio, sumido en sus pensamientos.

–Ahora eres tú quien parece preocupado –le dijo ella–. Anímate. Soy yo quien dará a luz.

Deseando adaptarse a la nueva cultura, Shari se apuntó a clases de francés. Cinco mañanas a la semana, tomaba el metro a Saint Placide, donde se ponía al día con el vocabulario y la gramática. Sin embargo, cuando iba en el tren y trataba de escuchar las conversaciones de la gente, las lecciones no parecían servirle de mucho. Por lo menos, sí estaba aprendiendo cosas de las costumbres francesas que no había estudiado en el instituto.

Luc estaba contento. Y ella empezó a darse cuenta de que, cada vez más, le hablaba en su idioma materno.

Poco a poco, Shari fue asimilando más palabras y expresiones y cada vez comprendía mejor lo que él le decía, sin necesidad de explicaciones. También se entendían a la perfección en la cama, donde las palabras sobraban y la pasión fluía sin obstáculos.

La primera ecografía fue una experiencia inolvidable. La imagen de una pequeña personita, el sólido ritmo de su corazón, les desataron un profundo efecto emocional a ambos. Durante la prueba, Luc se quedó sin palabras. Shari lloró de emoción y creyó ver los ojos de él empañados también.

El bebé estaba creciendo con normalidad. Cuando la doctora les ofreció saber el sexo, Shari miró a Luc y leyó en sus ojos la sombra de la duda.

–Preferimos que sea una sorpresa –dijo ella.

–Todo tiene muy buen aspecto –señaló la doctora cuando iban a irse–. La próxima ecografía será en julio –indicó y les entregó una hoja con las futuras citas. No había incluido la prueba de la amniocentesis, para alivio de Shari.

Quizá, podía olvidarse del tema y fingir que nunca se lo había propuesto a Luc, se dijo ella.

–No veo razón para hacer la amniocentesis –comentó la doctora entonces–. A menos que tengan alguna preocupación especial que quieran disipar.

–No, no. Yo solo… –balbuceó Shari, tensa, y miró a Luc, que estaba frunciendo el ceño. Ella se puso colorada, incapaz de admitir delante de la ginecóloga que el padre de su bebé tenía dudas sobre su paternidad–. ¿Podemos tomar la decisión más tarde?

–No es necesario que te hagas la prueba –señaló Luc.

La doctora los miró a ambos en silencio.

132

–Lo hablaremos después. Ya le informaremos de lo que decidamos –indicó Shari a la ginecóloga.

–Muy bien. Les daré una cita para la prueba y la anularemos si ustedes quieren después.

Conmovido por la reacción de Shari, que se había puesto roja como un tomate, Luc pensó que intentaría convencerla para que no se hiciera la prueba. Se sentía culpable por lo que le había dicho aquel día en el café, sembrando la semilla de la duda con su palabrería sin nada de tacto. Eso, unido a lo que ella había vivido con Rémy…

¿Acaso era de extrañar que no confiara en él?

Requería un equilibrio delicado el conseguir que una mujer estuviera feliz y segura sin que se sintiera atrapada. ¿Cómo se hacía? Con ansiedad, se dijo que, si no tenía cuidado, ella tomaría el próximo vuelo a Australia.

¿Y luego qué?

Al recordar su vida antes de conocerla, a Luc se le heló el alma. No podía dejar que se fuera. No lo permitiría.

–Me gustaría no tener que volver a trabajar –señaló él en la calle, bañándole el rostro con sus besos–. Quiero estar contigo. Querría hacer el amor aquí mismo detrás de esta farola.

–Muy halagador, pero no sería apropiado. Podrían arrestarnos.

Él rio y la condujo hasta el coche rodeándola de la cintura.

–Ahora que sabemos que todo está bien, podemos empezar a contárselo a la gente, *n´est-ce pas?*

133

Shari asintió emocionada.

–Genial. Estoy deseando contárselo a Neil. Emilie y él se pondrán locos de alegría. Pero… creo que sería mejor que tu madre se enterara por nosotros.

–Ah, *oui*. A mi madre le gustaría que tú se lo contaras. Tenemos que empezar a hacer planes. Hay que buscarle escuela. Y no hemos hablado… ¿Queremos una niñera? Y también me pregunto si debería contratar a un nutricionista para que te prepare las comidas a partir de ahora. ¿Qué te parece?

Shari se quedó mirándolo con incredulidad.

–¿No? –adivinó él, riendo–. Pero quiero contratar a un chófer para que te lleve. No deberías ir en metro. Podría pasarte cualquier cosa.

–Nada de eso. Me gusta tomar el metro.

De pronto, entonces, Luc se quedó rígido.

Un taxi había parado detrás de su coche. Salieron dos mujeres, una muy embarazada. Llevaba vaqueros y tacones, con su enorme vientre resaltado bajo una exquisita blusa ajustada. Llevaba el pelo corto, muy chic, y pocas joyas, aparte de unas pulseras y pendientes de aro.

Al ver a Luc, la embarazada se tambaleó un momento. Él dio un rápido paso hacia ella, para sujetarla. Sin embargo, no hizo falta, porque la otra mujer la agarró con firmeza del brazo.

Con el estómago encogido, Shari reconoció su rostro. ¿Quién, si no, podía estar tan elegante en un estado tan avanzado de embarazo? Estaba elegante y muy bella.

Luc sonrió con dureza.

–Hola, Manon. Qué sorpresa.

–Luc –saludó su ex.

–Quién iba a decir que íbamos a encontrarnos aquí –comentó él–. No pensé que fuera a verte tan... voluminosa –añadió con tono suave y mirada heladora–. Ya veo que no te has aburrido en Estados Unidos.

Manon miró a su amiga y se levantó las gafas de sol, clavando en él unos ojos desafiantes.

–No es posible aburrirse en Estados Unidos –repuso Manon y posó los ojos un momento en Shari.

Tras un breve silencio, la otra mujer tiró de Manon hacia la clínica.

El camino a casa estuvo lleno de tensión. Shari comprendió que su situación era muy precaria. Aunque le horrorizaba pensarlo, debía admitir que existía la posibilidad de que el hombre al que ella amaba estuviera enamorado de otra mujer.

Si Luc seguía obsesionado por Manon, ¿cuándo se cansaría de ella? ¿Después de que naciera el bebé? ¿Cuando tuviera tres meses? Y, si él la dejaba, se conformaría con apartarse también de su hijo.

A Shari se le contrajeron las entrañas de pánico. No sabía nada sobre las leyes francesas en materia de custodia infantil. De golpe, toda la emoción que había sentido al ver la ecografía se desvaneció.

–Es muy guapa –comentó ella–. Más hermosa que en las fotos –opinó y, como él no decía nada, siguió hablando–. ¿Sabías que estaba embarazada?

–Puede que lo hubiera oído –repuso él con mirada velada.

–Vaya… coincidencia.

–¿El qué?

–Bueno… tú saliste con ella. Ahora ella está embarazada y tú y yo… La vida continúa y…

–Tú eres hermosa –dijo él con suavidad, posando los ojos en ella.

Si él no hubiera estado tan furioso con Manon, igual Shari lo habría creído.

–¿Era su hermana quien la acompañaba?

–No lo sé. Apenas la he visto –respondió él y la miró con ojos tiernos–. *Chérie*, no dejes que este incidente te moleste.

–No. ¿Por qué iba a molestarme? Aunque me hubiera gustado que nos presentaras.

–Ah. Lo siento.

–Podrías haberme presentado como tu amiga embarazada.

–Sí –dijo él, sonrojado–. Pero estaba un poco paralizado. No esperaba encontrármela… así.

–Mmm. Ya me dí cuenta.

–Es la primera vez que la veo en diecisiete meses. La última vez… estábamos enzarzados en un combate mortal.

Shari podía imaginárselo. El drama y la pasión.

–¿Y quién ganó?

–Manon, por supuesto. Un hombre no tiene ninguna oportunidad contra una mujer con las garras extendidas.

Con el corazón en un puño, Shari pensó en lo

mucho que él debía de haber querido a aquella bella mujer.

–Debes de echarla de menos.

–Shari –la reprendió él con suavidad.

Ella cerró la boca y contuvo las lágrimas. Comprendió que mostrar su vulnerabilidad era una manera absurda de conseguir que un hombre la amara.

Un sofocante silencio se adueñó del resto de viaje. Cuando llegaron a casa, él se giró hacia ella y le tomó la mano.

–No la echo de menos, *mon amour*. Ahora estoy contigo. Lo he superado. Los dos lo hemos superado.

–Claro.

–Nosotros… Manon y yo… lo nuestro murió mucho antes de que nuestro *affair* terminara.

–¿*Affair*? –preguntó ella, arqueando las cejas. Vaya manera de llamara a una relación de siete años.

–Ella no quería que lo nuestro fuera nada más –explicó él, encogiéndose de hombros–. Sin promesas y sin compromisos. Eso fue lo que causó la ruptura final. Manon quería que nuestra relación no cambiara. Pero… Yo cambié. Quería más. Y me enfadaba que ella no. Estaba muy desilusionado y, tal vez, dije cosas duras. Ella se fue hecha una furia al aeropuerto… y nunca volvió.

–Ah –dijo Shari. Así que no habían roto a causa de la aventura de Manon con Jackson Kerr. Una pregunta más le quemaba en la punta de la lengua–. ¿Qué era lo que tú querías?

137

–No quería un perro, no… Lo que quería era tener un hijo. Imagínate –confesó él con expresión indescifrable.

–¿Con Manon? ¿Querías un bebé? –inquirió ella, asimilando la nueva información con sorpresa.

Él asintió.

–Ah. Bueno… ¿y le pediste que se casara contigo?

–Le llevé un ramo de rosas, un anillo, reservé una habitación privada en un restaurante, me arrodillé como un tonto… la farsa completa –contestó él, encogiéndose de hombros.

–Oh –balbuceó ella, compadeciéndole–. ¿Y te dijo que no?

–Manon era un poco como tú en algunas cosas. Me acusó de ser un egoísta y de querer subyugarla cruelmente a la esclavitud doméstica, cargándola de niños –recordó él, reviviendo el dolor de entonces–. Eso fue lo que les dijo a los periodistas, entre otras cosas.

Shari podía imaginarse lo duro que había sido aquel rechazo para Luc. Encima, poco después, Manon se había quedado embarazada de otro…

No era de extrañar que él hubiera sido tan frío con Manon en la puerta de la clínica.

–No fue justo –opinó ella–. Puede que no seas perfecto, pero no eres cruel.

Luc rio y la besó.

–Gracias, *chérie*. Eso intento. Y los hados deben de haberme perdonado, porque ahora tengo una adorable…

–Amiga.

–Y un niño en camino –continuó él–. Soy el futuro padre más feliz de toda Francia. ¿Me crees?

Mirándolo a los ojos, Shari lo creyó. Si había algo de lo que estaba segura era de que él estaba enamorado del bebé.

–Yo no me parezco a ella en nada, por cierto –dijo Shari, saliendo del coche. Sin embargo, la portera llamó a Luc en ese mismo momento y no pudo oírla.

Estaba oscureciendo cuando Luc entró en un bar detrás del Ministerio del Interior. Su amigo estaba sentado esperándolo, leyendo *Le Figaro*.

–Henri.

–Hola, Luc –saludó el otro hombre y dejó el periódico–. Me alegro de verte. ¿Qué quieres tomar?

Henri tenía un coñac delante de él, así que Luc pidió lo mismo. Después de ponerse al día sobre sus familias, su salud y la Bolsa, sacó el tema que les ocupaba.

–Me temo que no tengo buenas noticias sobre tu amiga.

–¿No?

–Hay algunas leyes que no pueden romperse. Lo siento, amigo, pero no puedo hacer nada. Las leyes de inmigración son implacables. Aunque… ¿puedo sugerirte una alternativa?

Luc escuchó su propuesta y se desanimó.

–Creo que no es la clase de mujer que quiera

atarse a un hombre. Ella no cree en el amor eterno. Y, si doy un paso en falso, puede que salga corriendo y no vuelva a verla.

Henri arqueó las cejas, riendo.

–Ah, Luc. Eres tonto. Solo tienes que encontrar el modo de hacerlo. Al final, todas quieren atarse a un hombre.

–Nada de eso –negó Luc con una mueca y, después de darle las gracias a su amigo, salió de allí–. Nada de eso.

Shari se pasó parte de la tarde investigando. Sabía que corría el riesgo de descubrir algo que no le gustara, pero el conocimiento era poder.

Encontró muy poco sobre Manon. Al parecer, desde hacía meses la prensa había hablado muy poco de ella y de su aventura con Jackson Kerr.

¿Habrían roto?, se preguntó. ¿Por eso había vuelto Manon a Francia a tener su bebé? Shari estaba segura de que en Los Ángeles había las mejores clínicas para famosos. No creía que tuvieran nada que envidiarle a las europeas.

Examinando una de las fotos antiguas de Manon, se preguntó cómo era posible que hubiera dejado a Luc por un seductor como Jackson Kerr.

En otra imagen, vio a Manon tomando el sol en la playa privada de Jackson, con una amiga. Al ampliar la foto, pensó que la otra mujer podía ser la misma que la había acompañado a la clínica esa mañana.

Era posible que Jackson hubiera estado fuera del objetivo en ese momento. Shari esperaba que no estuviera seduciendo a la próxima famosa de su lista. Lo cierto era que, según las revistas del corazón, era una lista bastante larga.

Eso podía explicar por qué Manon había vuelto. Quizá, necesitara contar con el apoyo de sus amigas y su familia.

Cuando Luc llegó a casa, Shari percibió un cambio en su humor. Aunque él intentaba ocultarlo, ella se dio cuenta de que algo le preocupaba. Era como si su emoción de esa mañana, cuando había visto la ecografía, se hubiera esfumado en unas horas.

–¿Va todo bien? ¿Tu familia está bien? ¿Y el trabajo? –inquirió ella, observándolo de cerca.

Con ansiedad, Shari posó los ojos en la comida que había preparado, la ensalada, que esperaba que él aliñara, y chuletas de cordero.

Él esbozó una sonrisa.

–Todo está bien, no te preocupes.

Sin embargo, Shari no pudo evitar hacerlo.

Aunque Luc apreció la comida, ella sabía que lo hacía por cortesía y decidió dar clases de cocina francesa en cuanto tuviera oportunidad.

Durante la semana siguiente, Luc parecía sumido en profundos pensamientos. En un par de ocasiones, Shari lo sorprendió mirándola con una expresión que no fue capaz de descifrar.

Tal vez era porque su vientre estaba empezando a hincharse. Para compensarlo, se aseguraba de

141

arreglarse antes de que él llegara a casa. Se ponía vestidos bonitos y ropa interior sexy. Incluso se había cortado el pelo y se había comprado una plancha para alisárselo.

En el dormitorio, se sentía inclinada a probar cosas nuevas, dejándose llevar por una imaginación desbocada. ¿Sería por sus hormonas, por competir con su ex o por pura locura? Cada vez que él parecía pensativo, ella se esforzaba por distraerlo usando sus armas de mujer.

Estaba a punto de convertirse en una mujer fatal, pensó.

Una tarde, Luc llegó temprano a casa, cuando ella estaba trabajando en su libro. Había elegido para ello la mesa del comedor, con sus preciosas vistas de los tejados de París. Para no estropear el mueble, había puesto un mantel. Encima, tenía sus pinturas, hojas y lápices.

—Hola —saludó él, y la besó.

Su boca sabía a café, a hombre y a deseo.

—Llegas temprano.

—*Oui* —repuso él y se inclinó para examinar el dibujo que ella estaba haciendo—. Es el carrusel del parque de Luxemburgo. ¿Sabes? Mi padre solía llevarme allí cuando era pequeño.

—¿Sí? Es un sitio precioso. El escenario ideal para un malabaristas.

—Pero no veo tu búho —comentó él, contemplando el dibujo.

—Ah. No. Lo he abandonado hasta que esté de vuelta en Australia.

Luc frunció el ceño, como solía hacer cuando ella mencionaba Australia. Shari sospechaba que todavía le molestaba recordar los desfalcos que Rémy había hecho allí en su empresa.

–Mira –le mostró ella y, con timidez, le tendió el boceto inicial y algunos pósteres que había conseguido del famoso Cirque d´hiver–. Sigo trabajando en la cara. No es tan fácil hacer a un malabarista.

Luc los comparó con el dibujo, deteniéndose en los pequeños detalles que había reproducido para que el escenario fuera reconocible para los niños parisinos.

–Es excepcional. Magnífico. Tienes un gran talento –comentó él y señaló a su alrededor en el comedor–. Igual te gustaría cambiar todo esto y redecorar la casa. Podías convertir este cuarto en tu estudio de trabajo.

–Pero eso sería mucho lío. Además, no sabemos cuánto tiempo me voy a quedar aquí. Odiaría causarte tantos gastos para algo que puede acabar siendo temporal.

–Shari…

Ella lo miró con gesto interrogativo. Él parecía estar sufriendo. Con la mandíbula tensa, levantó las manos al cielo.

–*Chérie*… Hay algo… Tengo algo de lo que quiero hablarte.

Shari se estremeció. Por alguna razón, se temió lo peor. Se limpió las manos de pintura.

Él la tomó de los hombros y la miró con gesto grave.

143

–Tengo malas noticias. No se puede cambiar tu visado. Lo siento, *chérie*, pero las leyes aquí son muy estrictas. Si quieres solicitar la residencia, debes hacerlo desde Australia.

–Oh –repuso ella, conmocionada–. ¿Quieres decir que tengo que irme a casa? ¿Ya? –preguntó, decepcionada, pensando en cientos de obstáculos. Tendría que renunciar a estar con él. A sus sueños y esperanzas. A sus lecciones de francés, a sus citas en la clínica. Tendría que separarse de él.

–Las leyes de inmigración se han endurecido aquí como en todas partes. Por eso... –comenzó a decir él y la miró a los ojos–. Lo que sugiero para que te ahorres el viaje es que... nos casemos.

Shari se quedó paralizada durante un minuto o dos. Cuando asimiló sus palabras, percibió en él una cierta rigidez. Esperaba su respuesta petrificado. Entonces, ella comprendió todo lo que implicaba.

Shari sintió que el corazón se le partía en dos.

–Oh. Oh. Casarnos. Cielos, ¿hasta ahí tenemos que llegar?

–Puede parecerte una solución extrema –señaló él–. Pero, en tu estado... no creo que sea aconsejable un viaje tan largo.

–Ah, eso es... –balbuceó ella y sonrió con amargura. Entonces, meneó la cabeza–. Las embarazadas pueden volar hasta la semana treinta y seis.

–¿Estás segura? –inquirió él.

–Emilie me lo dijo. Ella quería venir para el... De cualquier manera... –repuso ella y se llevó la

144

mano a la frente, a punto de romper a llorar–. Si vuelvo a casa, quién sabe cuánto tiempo tendré que esperar para conseguir el visado de residente. Tendría el bebé allí, supongo.

–No. No, Shari... –rogó él, tratando de tocarla.

Ella se apartó.

–No pienses en irte, *chérie*. No tenemos por qué rendirnos. La ceremonia de matrimonio es muy sencilla. Solo una formalidad, banal y burocrática.

–Mira, necesito pensarlo. Ahora discúlpame, quiero ir a dar un paseo.

Shari tomó su bolso y salió de la casa. Abajo, pasó a toda prisa delante de la portera y se dirigió al metro. La estación más cercana al parque de Luxemburgo estaba a una parada de Saint Placide, donde tomaba las lecciones de francés. En varias ocasiones, ya había ido hasta allí caminando, para inspirarse para su libro.

Por supuesto, con el remolino hormonal que le bullía en el interior, no pudo evitar llorar en el metro. Luego, lloró de camino a los jardines.

Después, caminó hasta el parque infantil, el carrusel y la fuente donde le había contado a Luc que estaba embarazada. Como aquella vez, era por la tarde y había poca gente a la vista.

Se sentó en un banco con la cabeza entre las manos. Las últimas semanas había estado viviendo en una burbuja y, por fin, había estallado.

Pero, si se amaba a alguien, ¿qué más daba eso?, se dijo. Era una propuesta de matrimonio, al fin y al cabo. Lo más probable era que ella no se mereciera

145

rosas, ni palabras bonitas, ni que él se arrodillara. La alternativa era dejar a Luc y volver a Australia. ¿Dejarlo sin su bebé? ¿Cómo podía siquiera considerar esa opción?

Y, si hacía un viaje tan largo, ¿volvería alguna vez a Francia? ¿Querría él que volviera?

Luc no estaba enamorado. Era un hombre decente. Honrado y correcto. Gentil. ¿De qué se quejaba ella entonces? Había mujeres que darían cualquier cosa por estar en su lugar. Había sido bueno con ella, ya que era la madre de su hijo.

Shari esperó que el dolor cediera. Poco a poco, la belleza del lugar le ayudó a calmarse y a recuperar la compostura. Luego, se puso en pie y tomó otro metro de vuelta.

Cuando entró en casa, le sorprendió encontrarse con que Luc sostenía un vaso de whisky en la mano. Ella nunca le había visto beber alcohol, excepto con las comidas.

Él la miró con atención, con el rostro lleno de tensión.

–¿Has ido muy lejos?

–Yo… he ido a dar un paseo a los jardines de Luxemburgo. Quería comprobar un par de detalles para mis dibujos. Ah, y respecto a lo otro, de acuerdo. Me casaré contigo, si insistes. Pero prefiero que sea algo discreto. Nada de vestidos blancos ni toda la parafernalia.

Frunciendo el ceño, él la miró con incertidumbre.

–¿Estás segura?

146

–Bueno, es solo una formalidad, ¿no? –replicó ella, volviendo la cara.

Después de eso, evitaron mirarse a los ojos y, durante la cena, pesó sobre ellos un tenso silencio.

En la cama, Shari se tumbó de espaldas a él, con el corazón demasiado dolorido como para dormir. Intentó llorar en silencio, hasta que sintió la mano de él en el muslo. A pesar de sus emociones, el deseo la poseyó.

–*Chérie*, no estés triste. Todo va a salir bien.

Una vez más, se comportó como el más apasionado y viril de los amantes. La poseyó como si fuera su dueño. Luego, la colmó de besos con toda la ternura del mundo.

Ella se derritió entre sus poderosos brazos. Se rindió a sus sentimientos, demostrándole todo el amor que ardía en su alma. Y, por la ternura de su abrazo, cualquiera hubiera creído que él también la amaba.

Capítulo Siete

Mientras desayunaba, Shari no podía dejar de pensar en la prueba de la amniocentesis. Estaba preocupaba por la salud de su bebé, por los riesgos que podía correr con el test.

Además, la actitud de Luc, que estaba dispuesto a que se lo hicieran, a pesar de que había leído el panfleto, había buscado información en internet y había escuchado las palabras de la doctora, decía mucho de él. Todavía no confiaba en ella.

A pesar de todas sus palabras y sus gestos de afecto, Luc jamás le había dicho que la amara. Ella, por su parte, había tenido que contenerse en muchas ocasiones para no ponerle en una situación embarazosa confesándole amor eterno.

–He pensado… podíamos darnos una vuelta mañana por algunas tiendas de ropa, para comprar algo que quieras ponerte en la boda.

–No lo creo. Ya te he dicho que me pondré algo de lo que tengo.

Ya habían hecho alguna visita al consejero municipal, que miraba con sospechas su unión. Era importante que eligieran testigos que acreditaran que su relación era genuina y no un mero intento de que Shari consiguiera la nacionalidad francesa. De hecho, el consejero casi les había obligado a que esos testigos fueran de la familia de Luc.

Por otra parte, el que fuera cuñada de Emilie, la prima de Luc, ayudaba un poco. Y sería de utilidad que otros miembros de la familia de Luc confirmaran su relación.

–Lo siento, pero así son las leyes aquí, *chérie*. Te dejo a ti elegir a qué dos miembros de mi familia invitar como testigos –le había dicho él.

Aquella mañana, en el desayuno, mientras miraba su agenda electrónica, Luc se lo volvió a preguntar.

–¿Has pensando ya en los testigos, *chérie*? Tenemos que avisarles con algo de antelación.

–No sé quién de tu familia puede tener tiempo para una formalidad tan banal. No será siquiera una celebración. Solo vamos a firmar un contrato.

–Seguro que estarán encantados.

–Bueno… creo que podemos decírselo a tu madre –comentó ella, sin levantar la vista de la tostada–. Aunque, si se lo pedimos a ella, tendremos que pedírselo también a la tía Marise.

–El tío Georges tampoco querrá perdérselo –repuso él, asintiendo–. Es difícil elegir solo a dos. Es posible que mi padre también quisiera venir desde Venecia.

–Supongo que… podríamos invitarlos–dijo ella, sintiendo que la bola se iba haciendo cada vez mayor.

–Solo si tú quieres, claro –repuso él con una enorme sonrisa.

Ella se encogió de hombros, rindiéndose.

–Claro. Invítalos a todos. Y a sus hijos y a sus perros. Pero sabes lo que eso implica, ¿no?

–¿Qué?

–Invitaciones impresas, fotos, flores, banquete… Yo no sé cómo se organizan esas cosas.

–Bueno, yo puedo encargarme de eso. ¿Y Emilie y Neil?

–¿Bromeas? Los gemelos apenas tienen dos meses. Emilie no querrá viajar con ellos y les está dando el pecho, así que no puede separarse de ellos. No, estoy condenada a pasar por el mal trago sola.

–No te deprimas. Al menos, el sábado podemos ir a comprarte un vestido precioso.

–Bueno. Elije el que tú quieras, a mí me da igual.

Después de despedirse de ella con un beso, Luc se fue a trabajar y Shari se quedó en casa, recogiendo y llorando por los rincones.

Era deprimente estar con un hombre que nunca se habría casado con ella si no hubiera estado embarazada. Al menos, si se hacía la prueba, él podía estar seguro de que el bebé era suyo y la miraría de otra manera. Tal vez.

En los últimos días, Shari había dejado de arreglarse. Solía conformarse con unos pantalones cortos, camisetas y sandalias, y el pelo recogido en una coleta.

A menudo, notaba que Luc la observaba con preocupación y ansiedad, pero a ella no le apetecía darle explicaciones. Si él no comprendía que a una mujer le gustaba sentirse amada, ¿qué sentido tenía explicárselo?

Una noche, Luc la iba a llevar a una cena en la embajada turca. Él se había puesto un traje de vestir y, al verla salir de la habitación con una faldita y una blusa sencillas, se quedó mirándola con gesto serio. Luego, entró con ella en el vestidor y sacó del armario el vestido negro de fiesta.

–Ponte este –ordenó él–. No queremos herir los sentimientos de nuestros anfitriones, *mon amour* –señaló con tono amable y, al mismo tiempo, frío.

Shari sabía que se estaba comportando como una niña enrabietada, pero así se sentía. Rezongando, aceptó cambiarse.

En la fiesta, Luc la presentó como su futura esposa con aparente orgullo. Sin embargo, una fría tensión siguió creciendo entre ellos hasta el día de la amniocentesis.

Aquella mañana, Shari estaba demasiado nerviosa y, para distraerse y hacer tiempo hasta la hora de la cita, decidió irse a dar una vuelta al mercado.

Cuando estaba parada delante del escaparate de un café, una voz la llamó a su espalda.

–¿Shari?

Como una aparición de sus peores pesadillas, Manon estaba allí, sonriendo con incertidumbre.

–Oh. *Bonjour.* ¿Cómo estás? Tienes buen… aspecto. Estás muy guapa, como siempre.

Manon rio.

–Me siento como una ballena. Me duele la espalda y tengo hinchados los tobillos. Necesito sentar-

151

me. ¿Quieres entrar conmigo a tomar una infusión o un café?

Boquiabierta, Shari aceptó. ¿Por qué no?

–¿Cuándo sales de cuentas? –preguntó Shari cuando estuvieron sentadas en el café.

–Salí hace tres días. En cualquier momento puedo romper aguas –contestó Manon y rio–. Si mi pareja me viera aquí ahora, se pondría furiosa. Se supone que no debo salir sola.

Vaya, pensó Shari. ¿Qué pensaría Luc si supiera que Jackson Kerr había sido sustituido por una mujer?

–¿Es la que te acompañaba el otro día en la clínica?

–Sí. Se llama Jenny. ¿Luc y tú seguís viviendo aquí al lado?

–Sí.

–A mí me gustaba vivir allí. Es un barrio precioso –comentó Manon con una sonrisa.

–Tiene unas vistas muy bonitas.

–Es verdad. A veces, las echo de menos. Pero he encontrado mi propio camino.

–Y… ¿eres feliz?

–Nunca había sido más feliz –aseguró Manon con una radiante sonrisa–. La vida es demasiado corta para sufrir.

Shari estaba de acuerdo con ella.

–¿Te importa si te pregunto algo?

–No. Dime.

–¿Te han hecho la amniocentesis?

Manon asintió.

–Tenía que hacérmela. Nos preocupaba que pudiera tener espina bífida, por los genes de mi familia. Pero, por suerte, todo está bien.

–¿Cómo fue la prueba?

–Da un poco de miedo. Pero, al final, no es tan mala. Nos dio tranquilidad.

–Claro –repuso ella, deseando poder lograr esa misma tranquilidad respecto a Luc. Sintiendo la mirada curiosa de Manon, cambió de tema–. ¿Qué tal es Jackson Kerr? ¿Es tan guapo como en la pantalla?

–No –dijo Manon, riendo–. Es egoísta, le huele mal el aliento, solo piensa en sí mismo, en su entrenador personal y en el futbol. Luc es mil veces mejor que él, pero no para mí.

Satisfecha con su respuesta, Shari bajó la vista. Ella y Manon no tenían por qué ser rivales.

Siguieron hablando de cosas superficiales un rato, en una conversación muy agradable. Después, regresó a casa llena de determinación. Había tomado una decisión.

Luc era un hombre maravilloso, pero no la amaba. Él solo quería hacer lo correcto. Sin embargo, se merecía la oportunidad de encontrar a una mujer con quien pudiera ser feliz.

De camino a casa, llamó a la clínica y anuló la cita. En casa, compró un billete a Australia y empezó a hacer la maleta. Cuando estaba recogiendo sus bocetos de la mesa del comedor, oyó llegar a Luc.

–Shari, ¿sigues aquí?

–En el comedor –respondió ella con el corazón acelerado.

–¿Qué tal? –saludó él y la abrazó con fuerza–. Shari, no puedo dejar que lo hagas.

–¿Qué?

–Lo siento, cariño. Sé que piensas que es importante para nosotros, pero no podemos dejar que este pequeño ser corra ningún peligro –dijo él, acariciándole el vientre.

–Ah, la prueba. Sí, lo sé y eso es lo que…

–Tienes que escucharme. Sé que esto te ha estado volviendo loca. ¿Por qué lo haces? No es necesario. Sé que no mientes. Siempre he sabido que el hijo es mío. No quiero que me dejes.

–¿Cómo? –preguntó ella, sonrojándose.

–Acepté que hicieras la prueba porque quería que te quedaras. Pero a mí no me hace falta. Creo en tu palabra. Siempre querré a nuestro hijo.

–Oh, Luc, cariño mío –dijo ella con lágrimas en los ojos y lo besó con pasión.

–Te necesito, Shari Lacey.

–¿De verdad? –preguntó ella, incapaz de creerlo.

–¿Cómo es posible que no lo sepas? No me reconozco a mí mismo –admitió él–. En el trabajo, no puedo dejar de pensar en ti, de preocuparme por si estarás en casa cuando vuelva. Hoy yo… –comenzó a decir y la miró a los ojos–. Escúchame. No quiero que te vayas. No te dejaré. Te perseguiré, si es necesario. Tenía tanto miedo de perderte… Sé que echas de menos tu país y a Neil y Emilie. Entiendo que estás en un lugar extraño y solo me tienes a mí.

–Estoy enamorada de ti. Eres todo lo que siempre quise…

La felicidad era un poderoso afrodisíaco y, en ese momento, cuando sus dos almas se habían abierto la una a la otra al fin, Shari estaba más excitada que nunca.

–Sé que ha sido difícil convivir conmigo. ¿Hay algún modo en que pueda resarcirte?

–Sí –repuso Luc y la tomó en sus brazos para llevarla al dormitorio.

Después, con la cabeza apoyada en el pecho de su amante, Shari pensó en lo mucho que ambos habían malinterpretado sus sentimientos.

–Siento no haberte dicho lo que sentía antes, pero creía que estabas enamorado todavía de Manon.

–No. Admito que me sentí dolido, pero había dejado de amarla hacía tiempo.

–¿No te sorprende que se fuera con Jackson Kerr?

–No. Es un hombre muy guapo, según decís las mujeres, ¿no?

–Tal vez –repuso ella, riendo, y respiró hondo–. Lo que voy a decirte, sin embargo, puede que te sorprenda.

Shari le contó la historia de Manon, Luc se quedó boquiabierto.

–¿Quieres decirme que me hubiera dejado de todas maneras, aunque no le hubiera pedido matrimonio?

–Eso es –repuso ella con una sonrisa.

155

Epílogo

Se casaron por todo lo alto en Eglise St. Eustache, una iglesia del siglo XVI con preciosas vidrieras.

Luc había aprovechado sus contactos en una compañía aérea para conseguir que un jet privado llevara a Neil y Emi, con sus dos bebés y dos niñeras, a la ceremonia. Había sido una sorpresa para Shari, que estaba emocionada.

También había acudido el padre de Luc desde Venecia.

El banquete se celebró en el Ritz y asistieron todos sus amigos.

Después del baile, los brindis y los buenos deseos de los asistentes, Luc llevó a Shari a su suite favorita para disfrutar de una noche más de pasión. Al día siguiente, volaron a Italia para su luna de miel, donde se quedaron unas semanas mientras reformaban su casa en París.

Shari no podía ser más feliz.

Acepte 2 de nuestras mejores novelas de amor GRATIS

¡Y reciba un regalo sorpresa!

Oferta especial de tiempo limitado

Rellene el cupón y envíelo a
Harlequin Reader Service®
3010 Walden Ave.
P.O. Box 1867
Buffalo, N.Y. 14240-1867

¡Si! Por favor, envíenme 2 novelas de amor de Harlequin (1 Bianca® y 1 Deseo®) gratis, más el regalo sorpresa. Luego remítanme 4 novelas nuevas todos los meses, las cuales recibiré mucho antes de que aparezcan en librerías, y factúrenme al bajo precio de $3,24 cada una, más $0,25 por envío e impuesto de ventas, si corresponde*. Este es el precio total, y es un ahorro de casi el 20% sobre el precio de portada. ¡Una oferta excelente! Entiendo que el hecho de aceptar estos libros y el regalo no me obliga en forma alguna a la compra de libros adicionales. Y también que puedo devolver cualquier envío y cancelar en cualquier momento. Aún si decido no comprar ningún otro libro de Harlequin, los 2 libros gratis y el regalo sorpresa son míos para siempre.

416 LBN DU7N

Nombre y apellido	(Por favor, letra de molde)
Dirección	Apartamento No.
Ciudad	Estado Zona postal

Esta oferta se limita a un pedido por hogar y no está disponible para los subscriptores actuales de Deseo® y Bianca®.
*Los términos y precios quedan sujetos a cambios sin aviso previo.
Impuestos de ventas aplican en N.Y.

SPN-03   ©2003 Harlequin Enterprises Limited

Aquel millonario la había llevado a la cama… por venganza

Hacía diez años que Sasha había abandonado al guapo millonario Gabriel Calbrini… y él no la había perdonado por ello. Ahora era viuda y no podía creer que Gabriel fuera el heredero de la fortuna de su difunto marido… y el tutor de sus dos hijos. Su vida estaba completamente en sus manos… y Gabriel deseaba vengarse.

El amor que Sasha había sentido por Gabriel había estado a punto de destruirla, por eso no podía caer de nuevo en sus brazos… por muy persuasivo que fuera. Había demasiado en juego… y algo que Gabriel jamás debía saber.

Maestro de placer

Penny Jordan

¡YA EN TU PUNTO DE VENTA!

Rico y misterioso

JANICE MAYNARD

Convencida de que Sam Ely era el hombre de su vida, la joven Annalise Wolff se había arrojado en sus brazos. Pero él la había rechazado alegando que era muy joven para él... y demasiado descarada. Siete años después, aún seguía traumatizada por aquellas palabras y había jurado que nunca se las perdonaría, pero entonces él le ofreció un trabajo que no pudo rechazar.

Eso significó que tuvieron que trabajar en estrecha colaboración. Y, cuando una tormenta de nieve los dejó aislados, juntos y sin electricidad, Annalise temió que Sam volviera a romperle el corazón.

¿Sucumbiría de nuevo a su amor?

[9]

¡YA EN TU PUNTO DE VENTA!